U0146920

View

Dubium sapientiae initium

View

Dubium sapientiae initium

CHINA'S FUTURE

中國的未來

美國最著名中國問題專家

沈大偉 — 著
David Shambaugh

侯英豪 譯

GreatPublish
好優文化

目錄

第二章

中國的經濟改革重心是：從舊成長模式轉型為新成長模式的「再平衡」，以衝破「中等收入陷阱」。然而改革所需要的鬆綁與自由化，讓中國經濟的前途，繫於政治變革。

像中國這樣的政府，高度仰賴「政績」來取得民眾的支持與政權的長久，中國社會快速劇烈的轉變，帶來了許多社會問題，形成對國家治理的挑戰。

第四章
政體：「放收循環」無法根治黨國體制的弊病

除了蔣經國時代的台灣，列寧式黨國體制從未有長期調適而成功的案例，但目前的領導人願意進行這樣的政治豪賭嗎？

第五章 中國的未來與世界

未來，中國將以何種姿態與世界互動？一個善良的夥伴和好鄰居？一個孤立而自行其事的國家？一個具威脅性的強權？

推薦序

作者早期曾擔任著名的《中國季刊》（The China Quarterly）主編，數十年來致力於研究共產黨及共產黨統治下的中國，是當前西方世界對中國內政、外交及軍事安全具有深入研究的學者之一，本著作在中共十九大後譯成中文，值得關心中國發展、中美關係及兩岸關係者予以高度重視，特此鄭重推薦。

田弘茂　國策研究院院長兼董事長

戴倫・艾塞默魯(Daron Acemoglu)以及詹姆斯・羅賓遜(James Robinson)在二〇一二年出版的《國家為什麼會失敗》（Why Nations Fail）是關於歷史和當代經濟發展引發廣泛討論的話題之作。艾塞默魯和羅賓遜問道：中國過去三十年的驚人快速發展是否可能持續？沈大偉提供了回答這個問題的最佳路線分析。今天習近平領導的中國已經來到了關鍵轉折點，在這個關鍵時刻，中國會如同南韓與台灣的轉型模式，或者如同一九八九年以前的東歐，或者適度的改革走向新加坡模式，或者因黨國體制的慣性而走向停滯，都是可能的選項。在這本既明晰又關照全面的書中，沈大偉巧妙地引導讀者探索中國可能的未來發展。關心中國發展的學界、政界和商界人士，不可不讀。

鄭敦仁　美國威廉瑪麗學院政府系講座教授

以中國大陸版圖之大，問題之複雜，想要預測它的未來，實在需要很大的勇氣及很深的學養。沈大偉教授與我相識於他的博士生階段，我認為他剛好具備這兩個條件。他幾十年孜孜不倦，著書講學，時發震動學界的驚人之語，而他的見解是經常受到高度重視的。他在本書中對中國大陸的未來提出四個可能的走向，身在台灣的我們更必須重視，因為大陸近在咫尺，它的任何演變，台灣必然受到最直接最深的影響。

蘇起　前國家安全會議秘書長、台北論壇基金會董事長

致謝

本書緣起於二〇一四年的七月，我在紐西蘭威靈頓市維多利亞大學現代中國研究中心的「中國走在十字路口」研討會中，所作的一次專題演講。為了那次活動，我試著把中國整體及其未來走向，作透徹的思考，並當成是個人學思路上的一大挑戰。之後，在接下來的幾年當中，種種思考內容在我的腦海過濾與沉澱。這段期間，趁著到德國柏林美國學院（the American Academy in Berlin）、英國愛丁堡大學（the University of Edinburgh）、倫敦大學（the University of London）的亞非學院（the School of Oriental and African Studies）以及其他幾所美國大學講學之便，進一步整理思緒並修改我的課堂講義。所以最要感激的是我專業上的同事、學生和聽眾，敦促我更細膩思考中國的現狀和未來可能發展的方向。

有好幾次，當為了下一個演講行程修改講義時，我不斷的質疑，這些講義資料能不能發揮更積極的作用。畢竟，一位學者為了「中國的未來」如此敏感的題目，準備教材是一回事，而印刷成書卻又完全是另外一回事。把這些教材講義變成一本書的想法，是發生在某一晚，當我讀完約瑟夫‧奈伊（Joseph Nye）《美國世紀的終結？》（Is the American Century Over?）之後，對其內容的精簡感到十分驚豔，也突然喚醒了我，同樣我授課一直在用的講義也可以變成一本類似的短篇著作。於是我就發了一封電郵給約瑟夫，詢問他的出書經驗。他很快就回應並積極建議我與「政體出版社」（Polity Press）的政治與國際關係書系的主編路易絲‧奈特（Louise Knight）取得聯繫。過沒多久，我就透過電郵及一通長途電話，向路易絲闡述我的想法；接著就簽約出書。「政體」的出版性質向來擅長以短篇形式針對特定議題，探討當今世界的關鍵問題，令人印象深刻，也有一定的格調與市場口碑。

對中國的未來，雖然題目本身讓人卻步，但撰寫一本篇幅相對較短的書，對我而言是極為嶄新的經驗。以往我的所有著作，從研究到撰寫，每一本書大約要花五年的時間孕育。這一本書，我在二〇一五年夏天開始，花了八個禮拜的時間就完成！很幸運地，讓我再一次在密西根州北部，遺世獨立而能夠俯瞰大崔福斯灣（Grand Traverse Bay）的小木屋中，思考和寫作。在此，我深深感謝我的家人，我的太太英格麗以及我的兒子克里斯多福與亞歷山大，感謝他們對我在假期中分心寫作的容忍與耐心。

也要謝謝史密斯・李察森基金會（Smith Richardson Foundation），特別是資深副總裁暨專案總監馬丁・史崔邁基（Martin Strmecki）所提供的研究補助金，支援本書研究與撰寫。這是該基金會贊助我的第三本書，令我衷心感激！

我也要謝謝我原本執教的單位，喬治・華盛頓大學的艾略特國際事務學院（Elliot School of International Affairs at The George Washington University）所給予我的一份戰略機會學術研究獎助金（Strategic Opportunities for Academic Research, SOAR award）。艾略特學院是我學術專業的「家」，感謝這個「家」持續超過二十年，提供我研究的環境和支援。

我也要特別感謝我的同事與好友鮑博・艾許（Bob Ash）、彼得・波特列爾（Pieter Bottelier）、布魯斯・狄克生（Bruce Dickson）、湯姆・高德（Tom Gold）、克里斯・豪諾（Chris Horner）、大衛・魯賓（David Lubin）、安德魯・納山（Andrew Nathan）、鮑伯・舒特（Bob Sutter）以及麥可・雅胡達（Michael Yahuda），他們花時間去閱讀每個篇章，給予我專業的協助，讓我得以大幅度修正原稿，避免許多令人尷尬的謬誤。

我也要謝謝優秀的原稿編輯安・克萊夫史達（Ann Klefstad），而在整個出版過程中，能與路易絲・奈特（Louise Knight）、尼甘・田中・葛朵斯（Nekane Tanaka Galdos）以及政體出版社的尼爾・迪・科特（Neil de Cort）共事，絕對是非常愉快的經驗。

最後我希望把這本書獻給何漢理（Harry Hardin）。我們在一九七八年初次見面，從此成為親近的好友與同事。我讀研究所的那幾年，在我還沒有成為他的學生時，何漢理就從遠距指導我並且提供我重要的學術研究機會。如果不是他的支持，我就爭取不到赴中國做博士論文研究的獎學金，之後也不會走上學術研究的職涯了。

認識何漢理是我在研究所求學的一個重要轉捩點，他「拯救」了我。後來何漢理也成了我在喬治・華盛頓大學艾略特國際事務學院的院長和同事。後來我在英國擔任訪問學者及講授課程期間，也是他跨越大西洋把我「勸誘」回來。在他「逃離」喬治華盛頓大學到維吉尼亞大學和香港科技大學任教期間，我們一直保持著緊密的聯繫。

我們在專業領域方面有著共同的興趣和專長，就是針對中國、亞洲以及美中關係作研究。這些年來我們在數不清的研討會上，對這些主題有過無數次的討論。我一直驚訝於何漢理超凡的智力，他不但能夠敏銳地分析問題，而且還能把問題放在更大的背景架構之下。他看到的是森林全貌，而我們其他人只看見了單一棵樹。他敦促我用不同的方式思考問題，如果沒有他，我不會對問題有全面性的觀照。這本書正是一個最好的實例。

何漢理花了一年的時間，在紐約歐亞集團（Eurasia Group）擔任研究主管，結果他成為趨勢預測和政治風險分析的專家。當我在計劃和構思本書時，他讓我廣泛閱讀政治風險分析的相關文獻，雖然這本書並未涉及風險分析的專業範疇，但透過這些文獻，的確幫助我更進一步的研究和構思。所以我非常感激何漢理，也高度推崇他的為人與專業，因此我將以無比崇敬的心情，把這本書獻給他！

前言：面對「轉型」時刻

針對「中國的未來」如此巨大的題目，這是一本相對簡要的著作。中國的變遷無論其結果好壞，仍將持續是未來幾十年中，造成世界發展不確定性的關鍵因素之一。

中國未來的發展也將成為社會學家們檢驗「**政治民主化是否必須伴隨經濟現代化**」這個長期爭論的議題。到目前為止，還從來不曾有過任何案例，是國家在發展現代經濟的同時卻沒有同步民主化。證諸其他新興工業經濟體（Newly industrialized economies, NIEs）的經驗，民主化不但是現代化的結果，也是必要的催化劑。至少兩者是並存共生。

雖然到目前為止，中國非常成功地促進國家的高速發展，然而中國的威權政府卻鮮明又義正詞嚴地拒絕了這種現代化與民主化的結合。但是中國現在已經發展到了新的階段，要從新興工業經濟體轉型為完全「成熟」的經濟體。根據其他所有新興工業經濟體的經驗，要成功轉型都必須伴隨著一個更開放與更民主的政治制度。而那些還沒有民主化的國家，在某種程度上也都尚未達成經濟的現代化。

時至今日，中國還在逆勢而行，但是它還能夠以獨裁威權的政治體制持續維持經濟發展嗎？持續一黨專政或者改弦易轍，中國的未來又將會如何？中國能成功地從「中等收入陷阱」（Middle Income Trap）中脫困，並實行各種改革措施，以「再平衡」（Rebalance）的經濟模式在價值鏈上向上移動嗎？還是原本的威權政治體制會阻止這一切？時間將會告訴我們，而我也將在本書中闡釋這些核心問題。

如今，正是中國在發展上特別不確定的時刻。這個國家還處於整體演化過程中的一連串重要關鍵，也面對著一些嚴酷的變數。中國領導人所作的選擇及其人民所採取的行動，將會對這個國家和整個世界造成深遠的影響。

探索中國未來的路線

觀察中國的未來並無捷徑。過去二十多年以來，已經有多如海嘯般的學術研究出版，以不同面向探討有關中國的「崛起」[1]；同時，也有基金經理人、企業體、政治風險分析師、政府的智囊機構以及未來學專家們，花了無數的時間和龐大的金錢，試圖要預測中國的「發展軌跡」。而這些專家們的想法，幾乎涵蓋了所有可能的選項：從中國將成為二十一世紀的超級強國，到它停滯不前，甚至崩潰。

試圖預測中國的未來不僅是困難而已，在專業上也可能是危險的。在漢學界，到處充斥著中國觀察家們的錯誤預測[2]。學識最淵博又最有經驗的觀察家對這個國家的發展總是不斷地判斷失準。關於這些預測，我個人了然於心。雖然我沒有洞悉未來的魔法，而且我也知道專業上尚有不足之處，但我相信，研究中國的專家們必須冒險航向未知，並且盡我們最大的努力，提供有關未來訊息的合宜推論與預測給全世界的大眾參考，這是我們的專業職責所在。我們已經站在判讀各種訊息的最佳位置，所以更要努力而且更加小心地解讀所有資料，並與中國內部或外部各種不同的消息來源一起合作。我們要綜合宏觀與微觀的視野，試著找出國家運作的關鍵變數及其發展軌跡。應該用突破性的轉變，而非延續以往的預測，並透過對比的角度，來看待中國。

中國當然是一個與眾不同的國家，但也並非獨一無二。它正經歷著其他許多新興工業經濟體所經歷過的同樣挑戰，以及列寧式政體所走過的路徑。此外中國歷史上朝代更替循環的不同模式，也與它未來的發展有關。更不能忽略全球化影響當今世上所有社會趨勢的重大發展，例如：科技變遷、通訊革命、國際政治、生態系統、注重創意的發展趨勢、社會運動等等。畢竟中國無法免於受到這些橫掃全球、並塑造人類未來的外在力量的影響。不過我們也不能陷入人云亦云的分析思潮中，而且學者們也應該要謹慎，才能抗拒自我設限或來自中國政府的恫嚇，更不要盲目接受中國當權者所使用的時尚宣傳手法和口號；要時時提醒自己：保持個人的獨立判斷。

最後，也許是最重要的，我們不應該預期中國會繼續以往，根據現況作「路線沿襲」或「應付了事」這種直線型的發展。在中國，劇烈的政策路線改變（變法），史有前例，而且總是讓世界感到驚訝。也許，我們應該期待一個「出乎意料」的中國。

或許沒有人能夠精準而清晰地預見中國的未來，但如果能夠謹記以上原則，也會更深刻地瞭解中國。本書試圖堅持我自己的告誡，並根據我從一九七九年開始，每年赴中國參訪或長居，四十年來所累積的觀察與經驗，讓我可以對中國下一個十年或二十年的未來變遷，作出最佳的預判。讀者會發現，**我避開了僵硬而直接的單一預測方式，而以一份中國可能會遵循的變動途徑清單來取代。關於中國會比較可能或比較不可能走上哪一條路線，以及每條路線可能導致的結果，我確實提出了我的預判**。歡迎其他中國觀察家們，甚至包括中國的官方，提出不同的見解，但我更希望能夠激發讀者去深入瞭解這個當代複雜議題，而且踴躍提出有關中國未來的一系列可能的變化因素。

沈大偉（David Shambaugh）

於華盛頓哥倫比亞特區

二〇一五年一〇月一一日

・第一章・

中國未來的路線選擇

超過三十年的成功改革，中國已經來到未來發展路線的關鍵轉折點。中國必須從現在的「強硬威權主義」路線修正方向，才能真正走上超級大國之路。

經歷戲劇性的國家轉型過程，中國已經來到了未來發展路線的關鍵轉折點。超過三十年的成功改革，這個國家目前面臨到經濟、社會、政治、環境、科技以及知識發展，也涵蓋國家安全、外交和其他領域政策綜合交織的關鍵時刻。中國的經濟收益已經開始下滑，而且也很清楚地證明鄧小平在一九七八年首先展開的大幅度改革計劃中的重要元素，已經無法在未來的幾十年，繼續用來刺激或維持中國現代化。

改革是必然的，就連中國自己的當代領導人都表明了他們的深刻關切。在二〇〇七年時，主掌國家經濟的前總理溫家寶曾直率地描述這個國家的經濟特色是「四個不」：「不穩定、不平衡、不協調以及不可持續[1]」。溫家寶的接班人，李克強總理也在二〇一五年提出了一個相當悲觀的評估：「經濟發展方式比較粗放，創新能力不足，產能過剩問題突出，農業基礎薄弱[2]」。中國目前的最高領導人習近平也感慨地認為：「我們黨面對的改革發展穩定任務之重前所未有、矛盾風險挑戰之多前所未有[3]」。所以即便是中國領導人，也指出國家面對嚴重的挑戰，而且正處於一連串的轉折點上。

中國的未來，就像汽車駛近多道交織的圓環一樣，駕駛要面對前方幾條不同路線的選擇。本書提出四個重要的選項（圖表1.1）。我把它們歸類為「新極權主義」（Neo-Totalitarianism）、「硬威權主義」（Hard Authoritarianism）、「軟威權主義」（Soft Authoritarianism）以及「半民主主義」（Semi-Democracy）。

在既定的路程上，中國已經來到了圓環。我認為中國目前的路線，可定性為一種「強硬的威權主義」。中國的領導人，也就是汽車的駕駛，已經走在這條硬威權的路上，而且可以繼續直線前行。毫無疑問，這當然是最容易的選

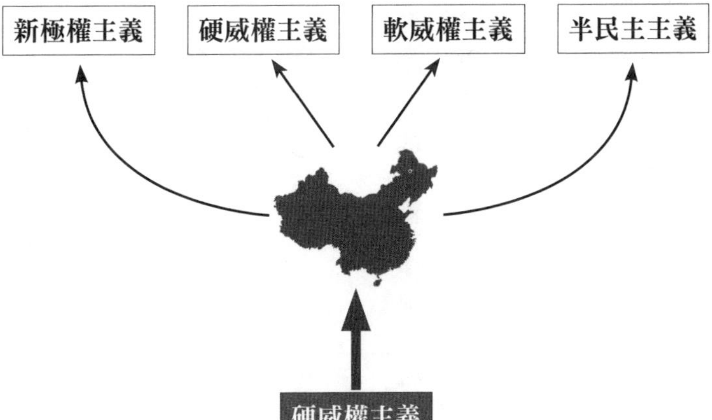

圖表 1.1　中國未來的可能路線

項；但是根據在後面章節中所提出的分析，這並非最佳選項。如果繼續維持這條硬威權路線，我判斷中國的改革，必須要在經濟、社會與政治方面作出「質」的改變，才能產生足夠的力量擺脫中國目前「綁手綁腳的轉型」（trapped transition，裴敏欣的貼切用詞[4]）並通往永續發展的道路，成為一個成熟且完全開發的經濟體。不過我認為這樣成功改變的機會有限。相反的，如果當局持續目前的路線，我預期經濟發展將會停滯甚至熄火，使得已經尖銳化的社會問題更加嚴重，並且會繼續削弱中國共產黨的政治領導力。

因此只有在中途修正方向，並走上與過去不同的路線，才能開啟未來幾十年更具活力的成長與發展，中國才能走上真正的超級大國之路。在這裡，我設想了三種可能性：

第一個可能性很極端，是中國往後倒退，而成為「新極權主義」國家。這當然不是一個正向面對未來的路線，但卻必須考慮它發生的可能性。這種修正路線，是基於「硬威權主義」路線執行經濟改革失敗，並伴隨了全國性的社會不安而產生。在政治方面，執政當局被迫做困獸之鬥；而強硬且保守的領導群，將會選擇對外關閉中國門戶，並在境內重新實施嚴苛的管控。這樣的情境，中國會回復到類似一九八九到九二年的狀況。在第二到第四章我會再詳加說明，但即使過去曾經如此，以下三個理由將使「新極權主義」不是一個可行的選項。

首先，私人部門的經濟已經太根深蒂固，而且中國對全球經濟也過度糾結與依賴。其次我認為，如果當局要收回在過去四十年來所經歷到的相對自由，民眾不但會抗拒也許還可能造反。第三，我認為黨與軍方的重要人士，不會支持這種對於國家路線的修正主義式變動。所以黨與軍方這兩大中央體制的權力支柱，將會分裂。在中國的黨政機構中，的確有一些力道傾向於再度強化中央集權，以回應停滯的經濟與改革進程。（而且，又有誰會自討沒趣地說：不是早就跟你講過了嗎，改革開放一開始就是個餿主意！）。所以我的研判是：精靈已經跑出了瓶子，再也回不去了。

第三種選項，是讓中國停留在威權主義的路線上，但明顯放鬆黨政的控制，以讓公民生活的諸多面向和政治自由化。這種「軟性威權主義」選項，事實上是回到一九九八到二〇〇八年之間所採取的路線。黨政當局對媒體、非政府組織、知識份子、教育界、異議份子及其他面向的公民生活管制，鬆綁和自由化，但必要條件是經濟上一定要有質的改變，才更能夠（但並不完全）實現改革的雄心。如果要對公民生活鬆綁，必定要伴隨著中國共產黨適當操作黨與社會的關係，然後改變現在的一黨專政制度。這對中國來說，是一個較為合適的路線；而且在二〇一七年之後，中國是有轉換到「軟威權主義」的可能性。然而，根據我在第四章所闡述的理由，我判斷中國不會採取這條路線。

另外一個可能的路線，是讓中國走向全新的半民主之路。民主有許多種形式，可以根據需要的人做彈性調整。如果中國選擇此一路線，最有可能的是一種極為類似新加坡的模式。在新加坡，限縮部分的公民權力，而且執政黨持續掌握政權。但是新加坡擁有許多民主的面相：多數政黨、定期選舉、獨立於行政權的國會體制與司法體系、開放（而自律）的媒體環境、真正的法治、標準的文官系統提供各種公共服務、沒有貪腐、有活躍的非政府組織、市場導向的開放經濟、一個多種族又沒有歧視的社會、高品質又全球化的教育制度，以及對許多基本人權與自由的保障。中國如果要逐步擁有這些特色，還有很長的路要走；而且中國共產黨是否能容忍這一切，也令人高度懷疑。但無論如何，特別是在「軟威權主義」的改革成長達到極限，又依然陷入「綁手綁腳的轉型」之中的話，中國朝這個選項邁進，也並非難以想像。

因此，這四條不同的路線都可設想為中國未來的選項。如圖表1.2所顯示，每種選項也都有它可能造成的結果。

無論對汽車、個人或者政府而言，保持同樣的路線永遠都是最容易的。大多時候，國家就像汽車一樣，會有沿襲既有路線的慣性，而且只有在做出強勢的決定，並針對新路線分配永續的資源後，才能改變路線。否則，既有路線會有它自己的慣性。事實上，要讓國家改變方向遠比汽車更難。即使已有證據顯示，某個既定的路線已經確定走向失敗，但卻很難以改變。因為既得利益、害怕未知的結果，以及本身規模的大小，都是阻擾改變的因素。要改變一個像中國這種規模的國家方向，就算程度和緩，也比較像是牽動一艘郵輪，而不像是移動一輛汽車那樣靈活。再往下走，就是「應付了事」，只作小幅度的修正而不作根本的改變，也永遠都最容易。中國人稱做「摸著石頭過河」（crossing the river by feeling the stones）。

所以謹記這些可能性和警告之後，我們就可以透過檢視目前採取的路線以及過去所作的選擇，對中國的未來，開始我們的探索之旅。

路線	可能的結果
新極權主義	退步，萎縮和崩潰
硬威權主義	有限的改革，停滯和衰退
軟威權主義	溫和的改革和部分轉型
半民主主義	成功的改革和全面轉型

圖表 1.2　中國未來的路線和可能產生的結果

今天的中國：正為過去的路線付出代價

過去十年中，有兩個關鍵時段對於決定今天中國的路線，影響重大：

第一個時期在二〇〇七至〇九年之間，當時中國的領導人避開了一些關乎經濟的根本性決定，而主動作出了其他不同的決定，影響了政治制度與社會。領導階層延緩了改變中國經濟成長模式的痛苦選擇，但也同時決定停止上一個十年已經在執行的一連串政治改革，並改以打壓。一直到了二〇一二和一三年，被延緩的經濟成長轉型議題還是開始進行了，但伴隨而來的，卻是新一波的政治打壓。

大約在二〇〇七到〇八年間，許多國內外經濟學家證實了，中國經濟面臨兩難。當時，中國的「後一九七八年」經濟成長模式明顯下滑，迫切需要一種新穎又具有品質的總體成長模式來替代。溫家寶總理的「四個不」也說明了這點。但是一直到二〇一二年之前，中國政府大多無視於溫家寶的警告，依然留在舒適圈內，還是照著舊有路線維持過去三十年以來極為有效的方式運作。所以，以硬體基礎建設方面為主的大量國內固定資產投資，加上低階、低成本的生產外銷經濟模式，仍然紋風不動。這種情況就像是藥物成癮，雖然明知習慣不好應該打破，但照著做也還算輕鬆。而且當時也還不清楚，有什麼明確的可替代方案。

之後，二〇〇八年毀滅性的全球金融危機來襲，只讓問題更加複雜，因為中國領導人所尋求的，只是緩解國家在全球性傳染病中的表面症狀。面對危機，中國政府只是「大致如同以往」端出了一個鉅額的、價值五千八百六十億美元，約等於四兆人民幣的經濟刺激方案。事後來看，刺激方案為經濟注入了大量的新資金，所以不但穩定了中國，也止住了全球的失血——但許多資金是來自於鬆綁的地方銀行貸款以及「影子銀行」（shadow banking）這樣的工具。所以使得地方政府背負更沉重的債務，而且製造出資產泡沫。更重要的也許是，延滯了迫切需要的結構性、能夠把國家經濟帶到更高層次又不同於以往成長路線的改革。而全球性的金融危機也帶來了一種附屬效應，更進一步讓中國領導人堅信，西方終於沒落了，而「中國模式」卻是優越而有效的！同時期中國的外交政策，也變得更加「堅定自信」。

與財務鬆綁同步發生的是政治緊繃。刺激景氣的資金流入國內經濟的同時，在二〇〇九年當局並未公開宣告，突然之間戲劇性地放棄了上一個十年（一九九八年到二〇〇八年）所採行的政治改革路線。有關政治改革的細節將在第四章中詳述。在那十年當中，江澤民與胡錦濤曾經發起並且有效管理政治改革，而不是抗拒改革。但是由於第四章所描述的理由，領導當局在二〇〇九年改變路線，放棄了政治改革，而且展開了至今依然存在的永續性打壓。

到了二〇一二年十一月，在中國共產黨第十八次全國代表大會（編按：The 18th National Congress of the Communist Party of China，簡稱「十八大」）上，以習近平為首的新一代領導班底上臺掌權。到了二〇一三年這個新的領導班底已準備好，要對經濟事務採取一種跟舊領導群不同的措施。在當年稍早就已經表明秋天將要召開的三中全會（編按：The Third Plenary Session of the 18th Central

Commitee of the Communist Party of China, 中國共產黨第十八屆中央委員會第三次全體會議，簡稱「十八大三中全會」或「三中全會」），將是一件重要而且不得了的大事，整個官僚體系已經著手展開對全會的前置規劃。共產黨總書記和國家主席習近平個人親自主持特別小組（取代了更適合這個工作的李克強總理），監督全會的籌備工作。當三中全會在二〇一三年十一月召開時，也明顯是由習近平而非李克強主導。會議結束時公佈了《關於全面深化改革若干重大問題的決定[5]》，以及一份習近平對《決定》的補充說明。這份公報全文長二萬二千字，而且指出了在六十個不同領域之中，超過三百項的特定改革措施[6]。

特別值得注意的是，在三中全會文件中所反映出的系統而全面性的作法。以往政府只會對未來提出零碎而逐步增加的建議，這次全會，則是中國共產黨與政府首次企圖認真設法解決，他們所面對的全面而複雜的議題。這個《決定》與習近平的後續解釋，有些地方是坦誠到令人耳目一新，但在其他方面卻是令人感到沮喪的語焉不詳。譬如說，對於黨與政府所面對的龐雜問題與嚴重性，態度是直率的：

當前，國內外環境都在發生極為廣泛而深刻的變化，我國發展面臨一系列突出矛盾和挑戰，前進道路上還有不少困難和問題。比如：發展中不平衡、不協調、不可持續問題依然突出，科技創新能力不強，產業結構不合理，發展方式依然粗放，城鄉區域發展差距和居民收入分配差距依然較大，社會矛盾明顯增多，教育、就業、社會保障、醫療、住房、生態環境、食品藥品安全、安全生產、社會治安、執法司法等關係群眾切身利益的問題較多，部分群眾生活困難，形式主義、官僚主義、享樂主義和奢靡之風問題突出，一些領域消極腐敗現象易發多發，反腐敗鬥爭形勢依然嚴峻，等等。解決這些問題，關鍵在於深化改革。

只是，雖然還是有些段落隱晦難解兼曖昧模糊，暗示了檯面下，某些問題還在持續爭辯或暫時無解。儘管在很多方面缺乏特定的具體措施，三中全會針對需要改革的領域，作成全面出擊的決議值得欽佩。由此可以清楚發現，中國舊有的改革路線已經告一段落，必須以一種徹底全新的路線來取而代之。

雖然從這個角度看，三中全會頗為值得讚許，但兩年之後的今天，對於《決定》的後續跟催卻非常有限。舉例來說，「美中貿易全國委員會」（The US-China Business Council）對於執行成效，建立了一個線上即時追蹤機制，但至二〇一五年為止，報告顯示執行率不到百分之十，慘不忍睹[7]。「中國歐盟商會」（The European Union Chamber of Commerce in China）也發表了一個類似的悲觀報告，標題叫做《三中全會真相檢驗[8]》（Third Plenum Reality Check）。其他的經濟學家和中國觀察家們，對截至目前為止的進度，也同樣沒有印象。

中國太大以致不會倒？

所以中國的改革似乎陷入一連串的困境。今天的狀況（二〇一五年），摻雜了自從二〇〇九年以來明顯的強硬政治打壓；**二〇一二年之後，打壓更為密集，此外還有小幅度的經濟改革，和日益增加的尖銳社會問題——這正是中國目前面臨的新關鍵時刻。政治體制是一切問題的共同分母，在我看來，政治與中國未來的所有面向都密切相關。**

本書的主要立論就是，如果不回歸到政治改革路線，針對黨政與社會關係作大幅度的自由化與鬆綁，則經濟的改革與社會的進步，都將裹足不前。

但並不是說，如果維持強硬威權主義路線，中國的經濟就不會繼續成長，只是成長的步調將會緩慢而且起伏不定。當然中國還是會獲得些微的成功，但如果欠缺政治自由化，我評估中國將無法達成應有的成長潛能和期望；而且已經有跡象顯示，經濟的相對停滯將會成為一新的常態」。中國的經濟停滯不會像日本那樣，處於通貨緊縮伴隨著極小或者是負成長的停滯，反而會是一種「具有中國特色」的相對停滯。一個十兆的經濟體如果還能維持，比方說，百分之三到五的成長步調，不管從境內、區域或者全球的角度來看，還是大的不得了。但是，如此大規模的經濟緊縮和未能跨過「中等收入陷阱」的轉型失敗，中國將會面臨許多社會與政治副作用的嚴峻挑戰。

所以，我認為目前中國是停滯在學者裴敏欣二〇〇六年所描述的「綁手綁腳的轉型」，裴氏的觀察非常敏銳又有先見之明[9]。在裴敏欣那本深具洞察力與前瞻性的著作中，他以周詳的討論和充分的證據，說明中國「發展型專制政治」（Developmental autocracy）的侷限：因為經濟的基礎無可避免會被政治上的大架構所限制。裴敏欣反覆強調：沒有徹底而全面的政治改革，中國的經濟將會停滯，而且執政當局將會垮台。當時我並不同意他的論述，但因為中國在轉型過程中發生了前述的轉變，所以現在我改變了立場，同意他的看法。在當時（二〇〇六年），我的看法是中國正在進行必要的政治改革，在我自己所寫的《中國共產黨：收縮與調適》（China's Communist Party: Atrophy and Adaption）一書當中，我用了「調適」這個詞，或許沒有裴氏所描述的「綁手綁腳」那麼嚴重。但是這些「軟威權主義」方式的政治改革，卻在二〇〇九年時突然踩了剎車，所以現在裴氏的分析與預測更具有說服力。

還有一種對於中國目前兩難處境的類似描述，是政治風險策略專家伊恩・布雷默（Ian Bremmer）的「J曲線」概念（圖表1.3），這是用於評估一個國家對於變動的適應能力，以及經濟開放與國家穩定之間的關係[10]。

在政治、經濟、社會各方面愈開放的國家愈為穩定，並處於能夠讓自己更有活力、足以對抗不可避免的全球化壓力的優勢位置。而那些相對封閉的社會，不但無法應對這些壓力，更不用說遭遇意料以外的衝擊，而陷入「國家失靈」（state failure）的風險之中。布雷默認為中國位於J曲線的左邊，代表拒絕而又不願意擁抱開放。相對於更頑固的北韓、伊朗、沙烏地阿拉伯、南非和俄羅斯這些持續動盪的國家，他認為中國對世界的開放程度較高。他也承認中國有相當程度的開放，但那是經過管理和控制的開放，也是一種矛盾的自我掩飾。布雷默相信，在中國達成所需要的開放程度，以確保長期的

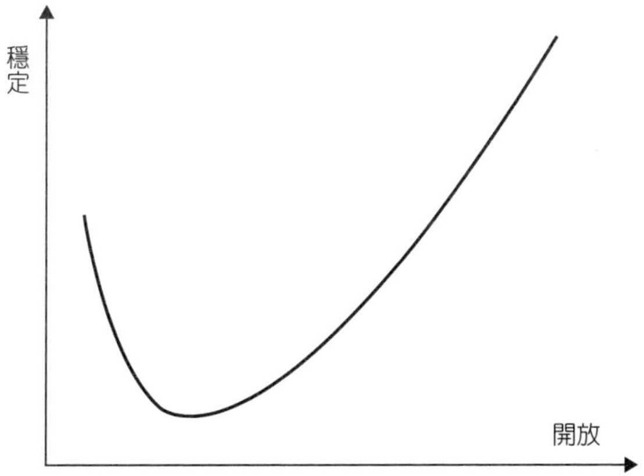

圖表 1.3　J 曲線

穩定與成長之前，現在這些對政治的控制、政府的隱密與缺乏透明度，以及黨對市場的操弄，結果將使中國落入嚴重的不穩定狀況之中。

像中國這樣的國家在開發中階段，關鍵問題並不只是經濟成長的模式及其下滑的效應，精確來說，是經濟與政治的關係。讓經濟往高附加價值的階梯向上轉型，打破發展的天花板，達成高品質的轉型，才算邁入真正的現代化和已開發。不過，政治機構一定要具有發揮促進作用的便利性，它們必須擺脫成為「榨取型國家」（extractive states）的想法，而成為學者戴倫・艾塞默魯（Daron Acemoglu）以及詹姆斯・羅賓遜（James Robinson）在他們見解深刻的著作《國家為什麼會失敗》（Why Nations Fail）中，所描述的「廣納型國家[11]」（inclusive states）。如要達到這個理想，則需要寬容社會中的自主行動者，甚至要提供他們方便。

對社會科學家而言，這樣的論點並不新鮮。在一九六〇年代，所有的現代化理論家，像是李普塞（Seymour Martin Lipset）、杭亭頓（Samuel

Huntington）、羅斯托（Walter W. Rostow）、奧甘斯基（A. F. K. Organski）、殷克勒斯（Alex Inkeles）、艾普特（David Apter）以及其他人都指出了這個必要性[12]。杭亭頓在《變動社會中的政治秩序》（Political Order in Changing Societies）一書中，綜合了前述幾位的分析：威權政府的各個方面，並不足以應對經濟過度動員與榨取之後，新富公民不斷增加的滿足財富要求[13]。杭亭頓簡潔有力的觀察，可在他書中的第四百二十四頁找到：「關鍵問題是，政治管理系統能夠把多少新興團體吸納到體制內部的制度化過程[14]」。這就是杭亭頓所意指的威權政體發展的第三和最終階段——「調適」（adaption）階段，是指極權或威權型態的榨取型政權，在經過之前的「轉型」（transformation）與「整合」（consolidation）階段之後的發展型態。這種政治調適觀念對於瞭解今天的中國共產黨當局是很重要的。一個政權如果不能調適成更具包容性、促成社會經濟的轉型，並提供更進一步的公共資源以延續政權存活，這個政權將會因為無所作為而終究衰亡。

許多研究列寧主義（共產主義）政權型態的學者，也得出與上述學者相同的結論。某些從事共產主義比較研究（comparative communist studies）的學者提出了多數「列寧式」黨國體制都會經歷的「多階段模式」（multistage models）：革命並取得政權→社會的轉型與動員→鞏固國家權力並擴張至社會每一個角落→為了國家目的從社會榨取資源與資本→國家權力官僚化和「布里茲涅夫」化（Leonid Brezhnev，前蘇聯領導人）→進行調適與有限度的多元化以因應停滯與僵化→？。最後階段是個問號，因為還沒有任何一個共產主義政權能夠基於永續發展的前提，成功完成調適過程的制度化。

包括中國在內。就像之後及在第四章將進一步說明的，從一九九八年到二〇〇八年期間，中國共產黨當局曾經試圖調適，而且更加包容與忍耐，但自二〇〇九年之後，黨政機構退卻並放棄了早先的路線。不過即便是持續這種作為，執政當局是否能夠同時成功跨騎在經濟、社會與政治改革的老虎背上，也還是未知數。但不管怎麼說，從二〇〇九年起北京當局大致是放棄了這個路線，向限縮與僵化的階段傾斜——以打壓取代國家必要的改革。

在布里辛斯基（Zbigniew Brzezinsk）於一九九八年蘇聯瓦解前兩年出版、具有先見之明的著作《大失敗》（The Grand Failure）中，將共產黨的黨政體制垂死的倒數階段，描述為「後共產威權主義」（post-communist authoritarianism）。在這個階段，共產黨的領導人失去了信心，顯現出深沉的不安，而且試著要重新確保掌控體制，於是統治只是為了統治而統治，毫不掩飾政府的唯一念頭：維持政權。但在此時，當局傳統的控制及動員手段都開始失靈，衰敗已經無可挽回。布里辛斯基體認到這些發生在前蘇聯及東歐共產政權的空洞化和失敗，於是正確指出，這種「後共產威權主義」階段，是共產主義黨國最終破裂與崩潰的前兆，而取代它們的是一個全新階段，他稱之為「後共產黨時期的多元主義[15]」（post-communist pluralism）。

無論是現代化理論或共產主義比較理論的學者們都提供我們許多有用的訊息，幫助我們瞭解今天的中國，並探討其未來可能的演變。過去幾十年當中，在一些跨國研究所作的深入探討中，對於在其他列寧式政體的末期，或陷入「中等收入陷阱」的新興工業經濟體都經歷的痛苦過程，中國有可能避開嗎？其實，中國並沒有對這些現象免疫。同樣的過程與壓力已經開始在啃蝕中國，而未來，情況只會更加劇烈。

這是中國目前的兩難，而且更加嚴峻。簡單來說，如果政治上無法向前邁進，那麼經濟上也無法向前邁進。中國可以停留在目前的道路之上——持續性的經濟相對停滯、社會緊繃程度加劇，而且政治上的失敗可能會導致中國共產黨政權崩潰。或者中國也可以在政治上開放，掌握絕佳機會成為一個完全開發的經濟體和現代化國家。所以，除非能有相對的政治改革加以刺激，否則在三中全會上所揭櫫的經濟改革目標，大部份（但並非全部）應該都無法實現。政治不能鬆綁，中國將無以有效管理許多社會的緊繃狀態。這是中國所必須面對的嚴苛選擇。

影響中國未來的變數與全球趨勢

決定中國未來的方向，主要還是看它的領導人，以及出於領導人意志所作的選擇。中國依然是一個由上至下領導的國家。但是，中國的未來只有一部份是由黨政體制所掌握，在中國境內與境外還有相當多的變數和外緣因素，不在政府所控制的範圍之內，卻能影響著政府的選擇與中國的演變。這些變數和後面附隨的問題，在接下來的每一章節中，都會有長篇幅的討論，但容我先挑出關鍵的因素說明。在中國境內，可以把這些變數劃分為三大領域：政治的、經濟的，和社會的。

政治上，我們必須密切留意執政當局，也就是中國共產黨的效能與合法性。要看出中國黨政體制的弱點並不容易，因為它努力傳遞給外界的印象一直是穩定、團結、強大、充滿決斷力和目標導向。然而實際上並非如此。就像中國有一句俗話，叫「外硬內軟」，我相信中國共產黨當局強勢的外表下，也有許多與生俱來的內在缺點，這些將會在第二至第四章中討論。在黨政體制以外，我們要小心觀察幾個不同社會群體的相對滿意或不滿：青年、中產階級、留學國外回來的知識份子、少數民族、移居人口以及農村人口。如果他們的期待落空，或者挫折感累積到了臨界點，所有這些群體將可能發起政治行動。

經濟上，也有許多變數在運作。不過其中的關鍵是公部門與私領域的相對規模，以及國家經濟中的市場力道。**另外一個重要的驅動力是，中國能否藉由創新而轉型成一個以知識為基礎的經濟體，或者仍然停留在以山寨模仿與代工為主的經濟型態**。創新，絕對是中國經濟未來的重心。但是能否創新並不是一個簡單的問題，因為中國在某些領域必定會創新，重點是能做到多廣與多深？第三個經濟方面的因素，則與中央、地方、企業以及銀行方面的債務水平，以及在不同部門的資產泡沫有關。雖然中國擁有巨額的外匯存底，但中國經濟的總負債已經相當於國內總生產毛額（GDP）的二・八二倍，從許多經濟學家的眼中看來，這債務負擔還是會拖垮經濟發展。談起資產泡沫，從二〇一四到一五年我們目睹了許多主要城市房地產的崩盤，以及上海與深圳股票交易的泡沫化。生產過剩與庫存也是個問題。另一個愈來愈嚴重的問題是，因為跨國企業在中國營運的成本與困難度增加，所以境外投資相對下滑。至於其他，在中國不透明的經濟黑箱之中，還有什麼潛藏的不定時炸彈等著爆發？

在社會層面，則有幾個不同的變數需要觀察。政府對於公民社會的促進或打壓是其中之一；另一個則是執政當局的城鎮化計劃，將會涵蓋人類歷史上最大規模的人口移動，需要密切注意。在西藏、新疆與跨越整個中國的動盪不安情勢升高，也是一個重大挑戰。改革或廢止戶口登記制度，對於管理中國巨大的境內人口流動將產生重大的影響。滿足中國快速成長的中產階級的期望，也是一個核心的挑戰，因為預估目前有三億人口屬於中產階級，到了二〇三〇年至少會加倍，甚至增加到三倍。當富裕人口以倍數增長時，不可避免也會加劇已經存在的社會不平等和階級仇恨，並進一步造成極端對立以及社會動盪。人口結構改變，對於中國的勞動力與經濟也會產生極大的影響，超過六十歲的人口數將會大幅上升，從二〇一五年的兩億，到二〇三〇年時會超過三億。只有一名子女的家庭數目雖在持續成長之中，但也只更突顯了不斷增加的老年人口照顧扶養的挑戰。最後就是貪腐了——這是一種跨越社會、經濟與政治的癌症，而且會持續侵蝕這個國家。雖然當局已經如火如荼地展開了反貪腐運動，後續仍有待觀察。

因為外在因素的影響，中國不會獨自在泡沫中演變。世界的宏觀趨勢將產生直接與間接的效應。包括地緣政治上的現實，比方中國與美國日益令人擔憂的競爭關係；中國與其亞洲鄰國之間的曖昧關係，也會直接影響中國本身的發展，這取決於中國是以溫和善良或是獨斷的姿態，對待自己的鄰居。當然還有一個變數，就是中國自己內部的民族主義，會不會把它推向過度堅定自信的獨斷之路。地緣政治的混沌不明，其中涵蓋了美國霸權的相對下滑、其他區域的勢力增強，以及一個支離破碎的國際體制結構，在在影響著全球包括中國在內的所有民族國家[16]。全球性的戰爭也許會爆發，無論中國是否捲入其中，都會對中國的安全與發展帶來負面的影響。再來，還有一些中國所不能控制的外在因素：全球能源的供給與價格、科技的新發展、通訊技術的革新、恐怖主義、跨國界的宗教運動、氣候變遷或全球性的經濟震撼。美國「國家情報委員會」（National Intelligence Council）公布的《二〇三〇全球趨勢》（Global Trends 2030）報告中，指出了四個「大趨勢」（megatrends），描繪出未來十五年之後的世界特徵[17]：

一、加速提升個人權能：

因為貧窮人口下滑，中產階級增加，受教程度提高，新的通訊與生產科技廣泛應用，以及醫療保健體系改善所致。

二、國際權力不再集中而趨於分散：

新興大國崛起，美國影響力下滑，不再有全球性單一霸權，世界趨向多極化，權力將更加駐生於區域結盟與跨國合作，不再以個別民族國家為主。

三、人口型態變遷：

全球都將面對老年化問題，並導致經濟成長放緩，而全球性的城市化與人口移動將持續增加。

四、對資源的需求將大幅增長：

對糧食、水和能源的需求，大約將相對增加百分之三十、四十，以及五十；氣候變遷，將加劇目前天氣型態的極端性，潮濕地區會更潮濕，而乾旱地區將更為乾旱。

展望二〇三〇年的世界樣貌，美國國家情報委員會進一步提出**六個「改變遊戲規則」的變數或趨勢：**

一、危機四伏的全球經濟。

二、由於全球權力分散，缺乏霸權或國際組織來維持秩序，以及跨國挑戰的擴散，屬於國家或全球層級的「治理缺口」（governance gap）將逐漸擴大。

三、恐怖主義、網路攻擊，以及致命科技的擴散等跨國威脅與日俱增，將使國家內部或是國際層級的潛在衝突增加。

四、更廣泛的區域不穩定，特別是在中東與南亞。而在東亞與東南亞，跨國衝突的潛在威脅也不斷升高。

五、新科技出現，將提升生產力並減緩資源的消耗。

六、美國扮演的全球角色未定。相對於其他新興勢力崛起與南半球地區的進一步發展，它的影響力將會下滑，但美國到底是會繼續介入主導世界事務或趨向孤立主義，仍然是未知數。

以上這些和其他的外在變數，全都會對中國未來的發展軌跡產生影響。當讀者讀到第二章（經濟）、第三章（社會）、第四章（政治）與第五章（國際關係），開始更深入探索中國未來的可能發展時，這些變數都必須被銘記在心。在每一章節當中，我都會指出本章所描述的四條可能路線，將如何在下一個十年或二十年當中，影響中國的每一層面。

·第二章·

經濟：轉型突破瓶頸或停滯崩壞？

中國的經濟改革重心是：從舊成長模式轉型為新成長模式的「再平衡」，以衝破「中等收入陷阱」。然而改革所需要的鬆綁與自由化，讓中國經濟的前途，繫於政治變革。

中國的經濟，目前正面臨著成長率的下滑，和廣泛多變的結構性調整。這兩種情況長期一致發展的趨勢，預期將會在下一個十年，甚至更長的時間當中繼續存在。問題是，在達到新的均衡點之前，GDP的成長率會下降到什麼程度？此外，如果中國達成必要的結構性調整，而成為完全開發的經濟體，能不能促成另一個長期積極成長的榮景？這些相互關聯的問題，將是瞭解中國經濟未來發展的核心問題。

如果中國想要繼續維持百分之六或者更高的GDP成長率，就表示中國依然侷限在舊有的經濟成長模式中，意味著轉型的結構性調整失敗。相反的，較低的成長率，例如百分之三到五，反而顯現出成功的產業結構轉型，以及較長遠的發展穩定性。

誠然，經濟表現依舊是中國未來發展的重心，但關鍵在於經濟與政治的連動。**令人擔憂的是，缺乏同步的政治改革，中國是否能夠成功走過經濟結構調整的複雜過程，開創新局？**

許多不同的社會壓力也正在同步影響中國的經濟以及政治生態，也會需要深層的社會改革（見第三章）。中國的政治體制，促成了一九七八年之後的第一波經濟改革，刺激了過去三十七年以來GDP成長二十六倍，但現在及可預見的未來，除非政治體制有所改變，否則它將是未來數十年經濟改革與成長，唯一且最大的障礙。

中國正在試圖創造一個由「前現代」（premodern）政治體制所治理的現代化經濟體。**中國經濟的未來所需要的是一種不同於過去黨國體制，不再是一種行政的、命令式的、中央集權化的、榨取式的和獨裁的國家。相反的，它所需要的是一種更有回應力的、負責任的、包容的、促進式的、妥協的、寬容的、透明的，而且是真正權力下放的國家**。

如果不能徹底改變黨政體制的運作方式，那麼中國的經濟改革將會陷入泥沼，總體經濟將會相對停滯。雖然二〇一五年經歷了短暫的全面經濟萎縮，讓有些分析師預言中國經濟的「硬著陸」（hard landing），但這不代表中國的經濟即將崩潰。在二〇一五的上半年，官方預估的GDP成長率下修到百分之七，同期貿易總額下跌了百分之六．九。許多分析師相信，真實的GDP成長率還要再低一至二個百分點。在接下來的幾年當中，GDP年增率將跌至百分之五或更低，並不難以想像。就像前面曾經提到，這不見得是件壞事，因為這代表著一種經濟體質的結構性移轉，從固定資產投資轉而朝向一種更多樣化的成長模式。此外，以中國的人口與總體經濟份量的規模而言，這樣一個高達十到十五兆美元的經濟體（目前它是八兆九千億美元），每年有三到五個百分點的成長，都不能掉以輕心；更何況，如果跌到這個水準以下，將會嚴重影響全球經濟。

不管是擴張還是萎縮，作為世界上的第二大經濟體，中國將持續對全球造成重大影響。中國目前佔有全世界GDP的百分之十六．四，對全球成長的貢獻約為百分之三十五，佔全球貿易總額大約百分之十一。現在中國的經濟足跡，它的商業投資與運作，遍佈全球[1]。所以中國經濟的規模與範疇，真的具有全球影響力。如果中國經濟得了感冒，就像二〇一五年夏天所發生的，那病毒很快就會傳遍世界各地。所以最重要的是，必須瞭解中國經濟動能的深度，以及它會往哪個方向行進。

中國經濟改革方案——重回「三中全會」

要瞭解今天的中國經濟以及執政當局希望在未來幾十年走到哪裡去，就要從二〇一三年十一月三中全會文件中所規劃的藍圖開始。我在上一章節中概略談到這點，現在讓我進一步解釋。

三中全會籌劃人員的優勢是，他們能夠根據兩份先前的重要文件來起草。第一份文件是《第十二個五年規劃（二〇一一至一五年）》（the Twelfth Five-Year Plan 2011-2015），其中包括邁向一個更多元而永續的成長模式，雖然有些重要的決定被延宕了[2]；第二份文件是《二〇三〇年的中國》（the China 2030）報告，是由世界銀行（the World Bank）和中國「國務院發展研究中心」（the Development Research Center of the State Council）共同撰寫，在二〇一三年出版[3]。這份研究報告將近五百頁，是由前總理溫家寶和當時的世界銀行總裁羅伯・佐立克（Robert Zoellick）所發動，他們兩人一起將這個研究設想為轉換到一個新的宏觀成長與發展模式的指導藍圖。這份報告的中心焦點是：加快創新步伐、抓住綠色發展的機遇、建立與政府職能轉變相適應的可持續財政體系、完善基本保障，促進社會均等、以市場改革提升土地、勞力與資本等生產要素稟賦（factor endowments），以及與世界建立互利共贏的關係。並針對每一個領域都提出了詳細的建議。

三中全會的《決定》與《說明》非常冗長，不過如同第一章所述，重點在於政府如何回應一個新的全面改革計劃的需求。然而整體來講，這些文件的內容也顯得語焉不詳，或許意味著檯面下尚有持續未解的爭論[4]，但也針對某些特定領域提出具體建議，比方像是：鬆綁一胎化政策、放棄「經由勞動而改革」的系統、宣佈「完善主要由市場決定價格的機制」、讓政府的預算更透明、更全面的資助公共福利支出、承諾部分財政部門的改革、賦予農民更多財產權利、創設一些新的組織，例如「國家安全委員會」、「全面深化改革領導小組」；以及暗示將會成立「單一超級環境保護組織」，負責規範與控制在國家領土範圍之內所有土地空間的使用，和統一執行山、水、森林、土地、湖泊的保護與重建。

雖然這的確發出了一個新的全面改革路線訊號，也重新界定了中央政府在管理總體經濟的角色，但是全會的文件對於如何達成宣示目標或提出具體作法方面，著墨不多，也沒有指出優先順序。因為不夠具體明確，所以在三中全會之後，幾乎完全沒有執行跟催。其次，黨所推動的反貪腐運動，癱瘓了幹部隊伍，使他們無法執行改革的「日常工作」；如果說，貪腐能（事實上就是）促進經濟活動的話，那麼改革就必須與之妥協。最後，是一些預定的改革計劃威脅到根深蒂固的既得利益者，尤其是國有企業、製造業、金融業，以及地方政府，也激起了廣泛（和可預期的）反對。在二〇一五年八月的北京光明日報一篇措辭尖銳的文章寫著：「不適應改革乃至反對改革的力量之頑固兇猛複雜詭異，可能超出人們的想像[5]」。由於上述三點，三中全會的許多改革計劃甚至還沒起飛，就卡住了。

在三中全會之後的兩年期間，大概只有在法規方面取得了一些實質的進展。政府在不同領域頒佈了許多法規，並取得明顯的進展[6]：《國家預算法》頒行近二十年以來第一次修正，表面上承諾地方政府預算資訊透明化，並允許人民表達意見；中央、省級以及地方行政規章大範圍的鬆綁與簡化，廢止很多從前必要的政府審批；國務院取消二百四十六項行政核決。這些都算是正面回應三中全會「完善主要由市場決定價格的機制」的訴求，而且也減少了官員賄賂與「尋租」（rent seeking，編按：指在沒有從事生產的情況之下，為壟斷社會資源或維持壟斷地位，從而得到壟斷利潤所從事的一種非生產性的尋利活動）的機會。國家發展與改革委員會（National Development and Reform Commission, NDRC）以往是經濟規劃的絆腳石，現正減少員額，甚至解體。這也是反貪腐運動的一個主要目標。

還有首次明確建立銀行存款保險制度，並在十個省市啟動地方債券發行的試點方案。成立上海自由貿易區，後續還有其他地方跟進。推出進一步開發國家內陸和西部地區的新構想，包括「一帶一路」（One Belt, One Road）計劃，建立跨越中亞和印度洋沿岸地區的基礎建設。允許私有資本投資公用事業和通訊部門，以及國有企業混合所有制的實驗也已經展開。政府也廢止了對一系列貨物與服務價格的控制。為了刺激成長，減稅方案擴大到中小企業，企業所得稅減到百分之十五；而為了增加地方政府的收入，加值型營業稅（VAT）也正在實驗中；鼓勵發展電子商務。在強化競爭政策方面，通過了《反壟斷法》。至少在書面層次上，強化對智慧財產的保護制度。正在起草或已經通過一些新的，針對國家安全、恐怖主義、網路安全，以及非政府組織管理方面的嚴苛法律；頒布許多新的環境法規，有些在河北省的汙染工廠已被關閉。也著手規畫在二〇二〇年以前建立全國性的徵信制度、優先考慮發展服務業與觀光產業。最後在中央委員會和國務院底下，設立了數個新的領導小組。

這些重要的創建，政府功不可沒。但不管怎樣，它們多半只是杯水車薪，而且大部分只是實驗性質。那些謹慎而且有系統地追蹤三中全會改革執行的外國觀察家們，例如「美中貿易全國委員會」、根據地在北京的「美僑商會」（American Chamber of Commerce）和「中國歐盟商會」都指出，到目前為止，在執行面上相對缺乏跟進。

從二〇一四到一五年中國的經濟開始呈現多重緩慢發展的警訊，而許多結構性阻礙開始影響成長。以下將檢視其中較為重要的因素。

新舊成長模式「再平衡」，衝出「中等收入陷阱」

中國經濟改革所渴望的重心，是一種從舊有成長模式（一九七八年之後）到新模式（二〇一三年之後）之間的「再平衡狀態[7]」。舊與新的模式都各自有兩個關鍵性的推動因素（圖表2.1）。兩個「舊的」發展推力，是固定資產投資（主要投入在基礎建設），加上以外銷為導向的低工資與低階生產製造（這部份從大規模的境外直接投資中獲利）。過去三十年以來，這個模式締造了超越任何人所期望的大成功。但在下一個三十年所期待的新催化劑，卻是境內的消費支出，外加境內的創新與服務。接下來，我們要分別檢視這兩個新的發動機。

二〇一三年是中國經濟發展決定性的一年。經濟學家和國家領導人真正開始瞭解，過去讓中國避開大部份全球金融危機的重口味激勵策略，即將觸動一種「本土自生金融危機」的威脅[8]。這種威脅並不只有檯面上所看到的，自二〇〇八年以來中國所增加的巨幅債務也包括了信用機制效率的崩壞：現今要創造相同單位的GDP，所投入的資源（信用）要比五年前多更多。換言之，中國的決策者是在二〇一三年才真正瞭解到再平衡的重要，而不再是從二〇〇六年以來的隨口說說而已。顯然過去依賴信用刺激的經濟發展方式，必須斷奶了。正是如此明確的風險評估，導致持續性的信用下滑，以及在二〇一四與一五年所推出，只提供有限度的、針對性的、比較溫和的刺激經濟新方案。因此GDP的成長勢必放緩。

舊策略 (1978-2013)		新策略 (2013—)
國內固定資產投資		國內消費支出
+	⟶	+
低端消費品輸出		創新服務

圖表 2.1　中國的經濟發展策略

事實上，「再平衡」對中國的經濟規劃者而言並不是一個新的目標，它曾藏在第十一和第十二個五年規劃（二〇〇六至一〇年和二〇一一至一五年）之中；但事實是，在嘗試了十年之後，成功到達「再平衡」還有段距離。持平而言，二〇〇八到〇九年爆發的全球金融危機，改變了十一五規劃中的再平衡軌跡，以致延續了舊成長模式。在十二五規劃之下，對於再平衡有著更為認真的嘗試，而且取得了重大的進展，例如：投資增長與銀行信用擴張放緩；家庭消費對GDP所佔比例增加；服務業比工業、建築業和礦業成長更快。從鄧小平推動改革開放至今，這是首度服務業對GDP的貢獻超過製造業[9]。而第十三個五年規劃，將從二〇一六年開始生效，「再平衡」依舊是重點。

必須「再平衡」的主要理由，與所謂的「中等收入陷阱」有關。這是一種發展經濟學家所使用的觀念，用來描述一個新興工業經濟體可能會達到的平均所得上限，通常大約是一萬一千美元。中國目前是七千五百九十三美元；或是根據世界銀行的標準，大約相當於一萬一千八百五十美元的購買力（PPP）[10]，而這已經削弱了低工資製造業的經濟競爭優勢了。有個與此相關的概念是「劉易斯轉折點」（Lewis Turning Point），以經濟學家劉易斯（W. Arthur Lewis）命名。他發現在發展過程中，當「剩餘」的勞動力供給被用盡時，會出現一個廉價而剩餘的農村勞動力將工資成長抵消的臨界點[11]。在發展過程中出現的這個臨界點，會讓中國這樣的經濟體失去相對競爭優勢，然後造成勞動力市場結構的基礎轉型，特別是低技術勞工將被迫進入「中等收入陷阱」。因此這個中國目前所面對的「陷阱」，代表經濟需要在生產力的階梯向上轉型，轉向生產知識密集產品、投資創新；輔導製造業的勞工，重新訓練他們轉向服務業或其他附加價值產業。此外，為了促進轉型，政府必須有一個更現代化的金融體系，一個更開放的政治體制，以及更有效率地運用土地、勞工與資本等「生產要素稟賦」。對中國而言轉型並不容易，而且到目前為止，很少看到轉型發生的事證。

儘管新興工業經濟體並不會自動找到脫離「中等收入陷阱」的發展路線，雖然日本、南韓與台灣都做到了[12]；但事實上，大多數的國家都失敗了，中國政府的經濟學家們非常清楚這個悲慘的歷史紀錄。由「國務院發展研究中心」所做，關於下一個十年中國發展可能性的全面研究觀察到：在一九六〇年以後，全世界有一百零一個經濟體可歸類於中等收入；而到了二〇〇八年初，向上移動至較高所得的群組且轉型成功的，只有其中的十三個：日本、南韓、台灣、香港、波多黎各、模里西斯、新加坡和以色列。其他經濟體大多在過程中失敗，導致經濟停滯甚至蕭條，或就此卡在「中等收入陷阱」之中。拉丁美洲國家、前蘇聯以及東歐諸國就是典型的例子[13]。

對中國來說，它的抑制因素的範疇與規模都要大得多。前財政部長樓繼偉最近在清華大學的一次演講中承認，中國只有百分之五十的機會能成功脫離「中等收入陷阱」[14]。假如中國成功做到，就會創造出一個全世界前所未見的經濟體型態。

經濟成長率無法再創新高

近年來中國的經濟成長率，一如預期，呈現一種穩定下滑的狀態（圖表

2.2）。因為「後一九七八年」成長模式的效用遞減，未來將不太可能再出現，過去每年以八、九或十個百分點的成長盛況。

二〇一五年三月的全國人大會議，中國政府將預期的GDP成長率，從百分之八下修至百分之七，而且正式宣告這是「新常態」。有些經濟學家判斷，事實上可能是在五到六個百分點的範圍，或者更低。李克強總理甚至在全國人大的會後記者會中表示：「實際上實現這個目標並不容易」。不過還是有人相信中國可以達成七到八個百分點的成長。

只是問題並非僅限於二〇一五至二

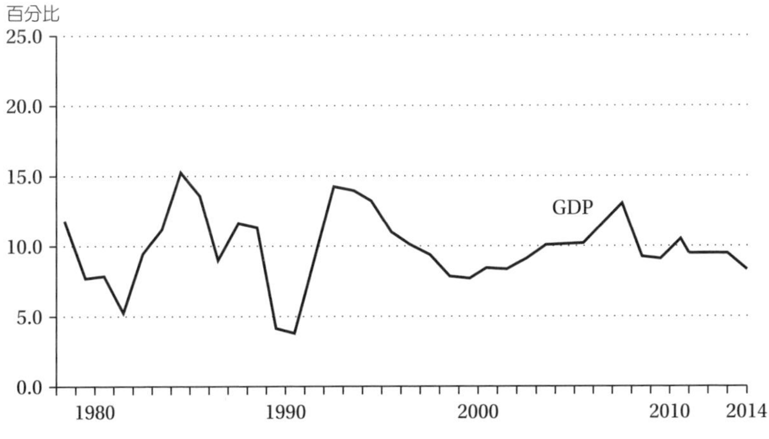

圖表 2.2　中國的 GDP 成長率

○年，而是整個未來會如何。關於這點，在二○一四年底我訪問了一位國務院內部的主要智庫、發展研究中心的官員，他認為根據他們的研究預測，二○二○年到二五年會持續下滑到百分之三左右，然後希望能這樣維持個幾年[15]。當我問他這是不是個警訊時，他非常平靜地回應說，對於新興工業經濟體這完全是「正常的」，中國當然也不例外！的確，多國政府會歡迎中國保持百分之三的成長。而且再一次提醒，像中國如此龐大的經濟體，就算每年百分之三的成長，也足以讓它繼續舉足輕重了。

如果中國的GDP真的照這個模式成長，那就會完全類似於其他東亞新興工業經濟體的經驗。布魯金斯研究院（the Brookings Institution）的經濟學家杜大偉（David Dollar）做了一項研究，把中國經濟的現況與日本、南韓和台灣的發展歷史經驗做比較。當這些經濟體從「起飛」（takeoff）和「早期發展」（early stage of development）轉型至「成熟經濟體」（mature economy）時，他發現到令人驚訝的相似性，以及些許不同之處。

杜大偉所觀察到的是：就像現在的中國，這些國家大致從發展階段開始，會有一個成長率下滑的趨勢[16]。日本的成長率在一九六七年從百分之十一開始急劇下滑，一九七二年到八九年間大約穩定在百分之五左右，然後從一九九〇年到目前跌落至百分之二以下。南韓與台灣比較晚，但發展模式相同。兩者的高成長甜蜜點，從一九六八年持續至八八年，然後一直到二〇〇六年之前，都在百分之四至六之間盤旋，但之後就跌落至百分之四以下了。

所以我們可以預期中國也將走上相同的模式。但至於GDP成長率的最終均衡點會落在何處，各方預測值不一。在中國經濟經歷反覆無常的二〇一五年之前，一份二〇一三年底出版的報告中，高盛（Goldman Sachs）預測：平均會是百分之五．一，然後在二〇二二年以前穩定下滑至百分之四．一[17]。其他的分析家則樂觀預估到二〇二〇年或者之後，中國能夠維持六到七個百分點的成長[18]。還有其他包括我在內的人比較悲觀（或說實際）的預估是，二〇二〇年之前還有四到五個百分點，然後很可能大約會在百分之三左右穩定下來。圖表2.3顯示了這些不同的情況。

令人擔憂的各經濟部門訊號

要特別留意部分經濟部門中的趨勢，這些部門當然關注於自己的績效，但累積的效應卻也顯示出潛在嚴重威脅國家經濟健全的結構性弱點。

在二〇一五年中國的股票市場表現不佳，七月份跌落了百分之三十，兩周之內的資本市值蒸發掉三兆五千億美元。雖然股票市場與國家經濟非常不同，但也可作為例證。為了因應前所未見的股市劇跌，中國政府迅速貸出四百二十億

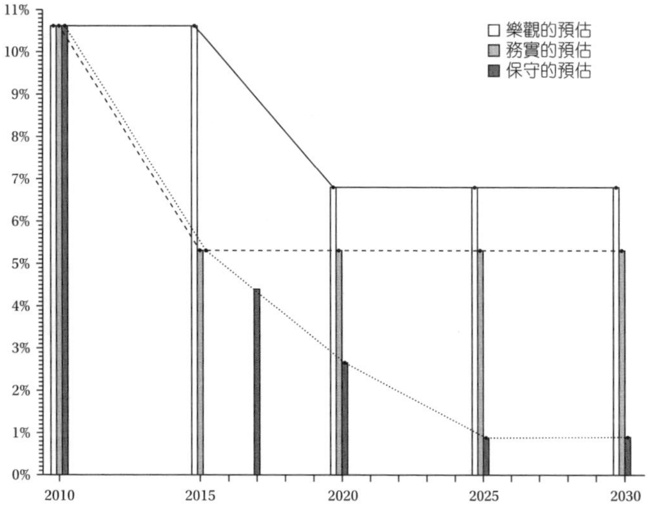

圖表 2.3　中國 GDP 成長的不同預估

美元的資金，交給二十一家券商護盤，並宣佈一個價值四百億美元的經濟刺激方案；下令暫停短線賣出，而且要求半數上市公司，停止股票交易，禁止大戶與董事會成員在六個月之內出脫股票，六個月內暫時凍結所有首次公開發行公司的股票上市[19]。幾個禮拜以後，中國政府竟突然決定人民幣貶值百分之四；這讓全世界驚訝，也撼動了全球市場。緊接著在二〇一五年八月二十四日中國的股票市場再度表現不佳。一日之內再次下跌七．六個百分點，而且導致好幾兆美元的額外損失。這個眾所周知的中國「黑色星期一」為全球市場帶來更進一步的動盪不安。當時華爾街日報認為：現在中國正在對外輸出不確定性[20]。於是很正常的，政府迅速且大規模干預，降低利率，並為經濟注入更多的刺激性資金。

於是再一次的，我們得知中國經濟那隻「看得見的手」就是國家。政府一而再干預暫時性的嚴峻經濟危機，只會加劇或深化對國家既有的依賴，並且進一步延遲必要的改革，以便讓經濟體走向真正和透明的市場機制。

在中國的幾個大城市不動產市場泡沫也起伏得非常厲害，因為住宅與商用不動產兩者都供給過剩而且價格過度膨脹，而土地的銷售卻是全國皆跌。雖然政府企圖干預並試著拉抬，但過熱的市場從二〇一二年中就開始下滑，然後就一路往下。在接下來的兩年一直到二〇一四年中，全國不動產市場下跌了百分之二十五。北京、天津、上海和廣州首先感受到衝擊的陣痛，隨後其他二線內陸城市也在二〇一五年面臨到成交率與新屋開工率的大幅下降。東北城市受到的打擊特別嚴重，單單黑龍江的不動產投資，就比去年同期劇跌了百分之二十五。房地資產泡沫破裂所導致的結果之一，是地方政府來自土地移轉的稅收也日漸減少，對地方政府的債務負擔與償債能力帶來更大的壓力。

因為不動產市場幾乎佔了整個 GDP 的百分之十五到二十，絕對不能低估其重要性。分析家們早就預見了房地資產泡沫的破裂，緊跟著二〇〇八年政府推出激勵方案之後，大家盲目開工，過多的餘屋以及過度的投資使得巨大而空蕩聳立的「鬼城」遍布全國[21]。雖然泡沫破裂是一種必要的修正，但對許多首次購屋的一般中國老百姓來說，耗盡積蓄投資卻要花很長的時間才能回收。對中產階級和一般新手投資人而言，股市與房市泡沫化的雙重「剪刀效應」（scissors effect）的打擊更大。未來事情還會更糟，因為有許多熱切的百姓是從次級貸款的「影子銀行」，借錢買了股票或一間房子，結果留下來的卻是一筆爛帳。

中國官員們只能怪自己，因為在二〇一四年與一五年時，他們公開鼓勵股票價格飆升，符合他們降低經濟上對信貸依賴的政策：一個上揚的股票市場，為公司本身提供了資金募集管道，而又不需要在資產負債表上增加負債。所以，鼓勵股價上揚，然後當市場下跌時進場干預[22]，結果兩邊都失算，也讓人們更加質疑官員們的經濟政策制定能力與公信力。而股票價格上揚的更深層理由，是早些年不動產價格的下跌；換言之，當不動產被證明是一個不可靠的投資商品時，股票權益就成為不動產的變相選擇。所以至少在二〇一四年時，不動產市場的損失，正是股票市場的獲益。

債務拖垮金融體系

中國的金融體系可能是整個經濟體的「阿基里斯腳踝」——致命的弱點。假如可以有效翻修，還有可能提高達成整體經濟轉型的機率。不過中國的金融體系，有一些根深蒂固的結構性問題，並不那麼容易說改就改。

表面上看來，中國的金融體系具有現代化的一切元素：銀行、徵信機構、保險公司、支付系統、股票和債券市場等等；但是根據「亞洲開發銀行」（the Asian Development Bank）的說法，銀行壟斷了金融的調節功能，提供了私部門百分之六十的借貸。而且，銀行系統集中在提供貸款總數一半的四大國有行庫。從資本額來看，所有這些大銀行的排名都在全世界的前十大。因此政府在金融政策上佔有獨斷的地位。經濟學家稱此為「金融壓抑」（financial repression），政府可以人為操作來壓低存款或貸款利率，並命令國有銀行隨著政府計劃的優先順序，來增加或減少貸款。

這種作法造就出一個龐大的「影子銀行」產業，當個人或公司有需要時，可以快速從影子銀行取得資金[23]。理由之一是大型國營行庫比較喜歡借錢給國營企業，而中小企業或個人就必須從其他管道籌措資金[24]。這些無法可管的放貸已經產生了幾個負面效果，包括在地方政府層級造成貪腐，以及膨脹了地方企業與個人的債務。但「影子銀行」也有正面的價值，就是提供中小企業的授信管道並且促進金融控管（利率與信貸額度）的自由化。中國的影子銀行產業已經成長到驚人的規模，其總資產額度相當於五兆二千億人民幣，或GDP的百分之五十一[25]。目前政府正在試圖管控影子銀行（事實上「銀行」這兩個字，也是對這種資金管道比較委婉的稱呼），而同時也在透過實施浮動的存款利率，和以市場為基礎的主要貸款利率計算方式，試著降低對存、放款利率的管控[26]。經過二十年的研究之後，也在二〇一五年實施一項明確的存款保險制度，政府會保證存戶的利益，並提出最高人民幣五十萬元的存款損失補償。

但這些都只是嬰兒學步，整個銀行體系還需要從頭到腳的大翻修。除了十七個「一級」銀行以外（包括四大國營銀行：中國農業銀行、中國工商銀行、中國建設銀行、交通銀行），中國正在慢慢形成一個銀行的金字塔體系：

「股份制商業銀行」（joint stock）、「政策性銀行」（policy banks）等所謂的二級商業銀行；還有市政銀行、城市合作銀行、鄉村信用合作社、信託投資公司、小額信貸機構，以及風險投資基金等。二〇一四年《預算法》修正是金融體系改革向前邁進的重要一步，但還有更多待辦事項。

重點在於政府所面對的是兩個相互矛盾的任務：強化金融體系的監管（特別是對影子銀行），但又應該讓路給市場機制，減少對銀行過多的管控以及對利率和其他方面的干預。這個棘手又矛盾的難題，如同世界銀行所說，根本的原因在於中國金融體系中「國家角色的錯亂」。在二〇一五年六月對中國金融部門改革優先順序的特別報告中，世界銀行檢視了中國的幾個金融體系上的弊病：地方政府的收入與支出之間的「結構性不對稱」；壓抑存款利率使得家戶走向「影子銀行」系統；信貸與投資的巨幅擴張；缺乏促進資本市場健全發展的政策；缺乏扶持中小企業與家庭投資的金融與法務的基礎建設；國家實質上掌握了商業銀行百分之九十五的資產，形同全面擁有並管控金融機構；無法針對不同的金融組織提出戰略發展方針；以及銀行放款條件扭曲等[27]。世界銀行報告的結論：中國政府應該要規畫並實施一個從金融部門「退場」的戰略機制。

如要成功達到這個目的，銀行部門的改革就應該與下列的必要改革一起進行：國內的資本市場改革、農村的土地市場改革、勞動市場（戶口）改革、採購與承包的改革、黨內幹部的薪酬改革、國有企業的改革，以及進一步的匯率自由化，加速人民幣兌換國際化[28]。管理如此複雜的金融改革計劃並不容易。即使一些比較樂觀的中國經濟觀察者都懷疑中國政府是否能有效管理並改善，各種弱點複雜交織的金融體系。像是與中國領導人互動密切的前美國財政部長亨利・鮑爾森（Henry Paulson），在他最近出版的《與中國打交道》（Dealing with China）一書中承認：坦白說，問題不是「假如」，而是當中國的金融體系，特別是信託公司「將要」面對信貸損失清算與債務重整的浪潮……時，損失會有多大？以及金融市場崩解之後是否會殃及更廣泛的經濟體系[29]。

金融難題的核心，是中國整體的國家債務問題（中央、地方以及企業），它就像一大片烏雲籠罩在整體經濟之上。到目前為止，中國諺語「雷聲大，雨點小」的形容雖然貼切，但狀況正在急速改變。在中央、地方、企業這三個層面的債務總額是廿八兆二千億美元，或GDP的百分之二百八十[30]。大部份的經濟學家都相信這是無法持續下去的狀況。而且更要注意增加的比例，自從二〇〇七年以來，中國的債務負擔成長了四倍——債務增長排名世界第五，債務佔GDP的增長比例，只落後於希臘、愛爾蘭、新加坡與葡萄牙[31]。在這三個層面之中，儘管企業債務越來越受矚目，但仍以地方政府的債務最令人擔憂。中央政府的流動性資產問題不大，因為中國政府擁有四兆美元的外匯存底，而且自從二〇〇八年以來，外債少於GDP的一成。但是地方政府與企業的債務卻在持續膨脹中。目前地方政府的債務估計為十七兆九千億人民幣，或等於二兆四千億美元[32]。許多地方政府的債務就像「影子銀行」的債務一樣，都屬於「無法回收的不良債權」（unrecoverable nonperforming loans, NPLs）——到最後終究要被塗銷，或者由未來中央另外挹注的資金所吸收[33]。「影子銀行」的債務現在的估計是八兆美元[34]。大部份的分析師認為，因為中央政府最終還是會吸收地方政府的負債，所以企業的債務問題更為嚴峻。加總來看，企業的債務大約是中國整個債務負擔的三分之二（大約是十九兆八千億美元）。但是到目前為止，除了一些發行地方政府債券的構想以外，還沒有任何解決這個迫在眼前危機的完整方案，而且讓許多人真正擔憂的是：這會是下一個而且是最嚴重的一個——中國整體經濟的泡沫破裂。

在債務問題的背後是過度投資的問題。**過去三十年中國經濟所仰賴的，是不斷擴張的國內投資，相對必須依靠不斷擴張的信貸**。不管是透過國家銀行還是「影子銀行」，中國政府一直在持續這個擴張的循環。之所以如此做的一大部份**原因，是因為黨必須仰賴不斷的經濟成長來維持統治的正當性**。但無論從長期、甚至中期來看，經濟都無法持續成長。就像諾貝爾經濟學獎得主保羅•克魯曼（Paul Krugman）所指出：「或許是基於政治的考量，只要出現任何一個即便是小規模蕭條的預期，都讓中國領導人非常害怕。所以執政當局不斷的鼓動需求，用的是給市場提供填鴨式信貸的方式，包括促進股票市場的繁榮。這些措施或許可以收一時之效，而如果重大改革的速度夠快的話，所有的問題也可能都會煙消雲散。但如果改革的速度不夠快，結果將出現一個一觸即破的大泡沫[35]」。

個人消費與支出能否帶動經濟成長

增加消費者支出是中國政府計劃的核心，目的是將總體經濟成長的模式，從「兩個舊的」推力轉移到「兩個新的」元素（參見圖表2.1）。雖然在過去幾年，總消費支出的數據非常樂觀，從二〇一一到一四年平均是GDP成長的百分之五十到五十五；但是GDP成長放緩，也絕對會影響到可支配所得，二〇一四年的成長只有個位數，但在之前的十年卻都是兩位數的成長。有些分析師預期，因為消費者（尤其是年輕的專業人士）的信心下滑，消費性支出將會明顯放緩；但也有人指出，被壓抑的巨額儲蓄將會被釋放出來[36]。政府採購雖然減少，但也算作整體消費支出的一部份。而且中國擁有全世界最高的家庭儲蓄率（百分之五十一），如果轉換為消費，將可為經濟注入無限的動能。因此即使整體經濟放緩，消費性支出也即將成為經濟成長的主要推力。

然而，因為**中國的消費者面對未來的不確定因素仍在尋求避險，所以未來的動能是否能夠發揮，還是疑問**。主要的不確定性還是為緊急醫療與退休所作的必要儲蓄，造成中國極高的家庭儲蓄率。另外一個因素則是投資選項有限。由於資金控管，中國嚴格限制公民到國外投資，或者把他們的儲蓄移至外國銀行。政府確實也擔心，如果進一步放鬆管控，可能會讓巨額的資金外流。而移至國外的資金就不算是國內消費。雖然人民幣在資本帳戶上屬於不可兌換貨幣，以及政府對於資金移至國外的管制，但中國的私人資金外流卻在持續增加之中。全世界的不動產市場，從歐洲到北美到東南亞到南美洲與非洲，都因為中國人購買房地產而蓬勃發展。而且不只是個人到海外投資，連中國的企業與政府單位也都在做[37]。中國的非金融類「對外直接投資」（Outbound direct investment, ODI）在二〇一四年的總額是一千二百一十億美元，習近平主席宣佈，到二〇二五年為止，中國將在全世界投資鉅額的一兆二千五百億美元。

雖然有資金的外流以及政府分階段鬆綁資金管制[38]，如果能夠改善民眾所擔憂的退休、健康照護以及養老計劃的話，中國消費者對於推動下一波的經濟成長仍然有巨大的潛力。中國人民銀行（People's Bank of China）的行長周小川最近也對國際貨幣基金放出訊號，就是中國計劃逐步實施對其貨幣的「受管理的可兌換性」（managed convertibility）[39]。二〇一五年十一月三十一日中國成功將人民幣納入國際貨幣基金的一籃子貨幣當中，與美元、歐元、日圓和英鎊一樣，享有「特別提款權」（special drawing rights, SDR）。

國有企業改革問題重重

另一個巨大的挑戰是國有企業的改革，就像其他領域，也是很大的難題[40]。國有企業的問題不同於二十年前，當時在東北和東部沿岸城市的工業鐵銹帶工廠，正全力投入血汗以推動社會主義經濟為主，而不是製造出在市場上具有競爭力的產品；但時至今日則是要讓它們更具競爭力，而又不具壟斷性。在許多經濟關鍵領域裡——能源與原物料、電力工程、運輸（航空、鐵道、航運）、通訊、太空科技、國防工業，想要減少國有企業的壟斷性並不容易。因為這些巨獸的高階領導都是由共產黨中央組織部所掌控，與黨國體制有著錯綜複雜的連結。中國的國有企業是既得利益的縮影，當然也少不了貪瀆腐敗[41]。類似保護主義的形式，國有企業與國有銀行的共生關係根深蒂固，國有企業吸收了四大國家銀行超過百分之六十的企業貸款，及百分之九十的債券發行[42]。

的確，執政當局與三中全會揭示的改革是否想要尋求打破兩者的連結，並不完全清楚；相反的，三中全會的文件指出，政府要求國有企業表現更好的效率與獲利。長期以來中國迷戀於大型橫向整合型的南韓財閥，和日本的企業集團模式。所以三中全會特別宣示「國有企業是經濟的中心支柱」，但又同時宣稱「市場應該要扮演決定性的角色」。雖然在三中全會之後有一些實驗性質的動作，像是更多元的「混合所有權」（國有—私有），以及某些測試版的國營企業公開上市，但整體來說，在這個領域並沒有太多的改革發生。

中國共產黨中央委員會辦公廳在二〇一五年八月發出了一個特別指

示，拒絕廣泛私有化，並清楚陳述「黨的領導和國有企業必須維持[43]」。所以比較可能是，**黨的領導體系並不想削弱，反而是要強化這些國有企業**。果真如此，**除非這些獨佔企業崩解，否則中國將無法在這個領域走向創新，或者發展出經濟規模**。

拉迪（Nicholas Lardy）的《民進國退》（Markets over Mao），是一本有關中國私領域對國營部門業務的詳盡徹底研究，他指出，創新與發展來自於前者（民）而不是後者（國）[44]。拉迪是研究中國的重要美國經濟學家，他認為國有企業持續拖累整體經濟。在全國的二十八萬家國有企業中有一百一十五家是由「國務院國有資產監督管理委員會」（State-Owned Assets Supervision and Administration Commission, SASAC）所管理，這是一個在二〇〇三年成立的機關，被賦予將這些「策略性新興產業」轉化為「國家楷模」的任務。他們的合併資產是十兆五千億美元[45]。其中一些企業的營收可以排入全球五百大，但只有極少數具有全球競爭力。許多分析家認為在二〇〇〇年初期，中國的國有部門或是國有企業一度興盛，具備市場佔有率和企業影響力，也就是「國進民退」，但是拉迪強烈否定了這種說法。拉迪的觀察是：大部份中國最大的國有企業能繼續維持，最大的秘密就是表現低劣[46]。他認為成長與創新，是來自於全中國的六百五十萬私人企業和四千零六十萬的家庭式企業，並創造了在二〇一〇與一二年之間，介於三分之二與四分之三之間的GDP。而且這些公司和商戶已經在創造新的商業模式，特別是在電子商務方面。接下來讓我們更審慎來探討「創新」在中國的問題與角色。

創新是成功的關鍵

如果要總體經濟成功轉型，而變成一個完全現代化的國家與經濟體，對中國而言，要想避免永遠陷在「中等收入陷阱」之中，「創新」將是關鍵性的考驗。唯一脫離陷阱的方式，就像日本、南韓、台灣以及其他新興工業經濟體所展現的，唯有透過創新，才能夠在生產力和經濟的價值鏈中向上移動。

國家的主要工作就是要打造出具有創新能力的社會和知識經濟體，而且在所有的政府文件與領導人的演講中都不斷重申。然而**今天的中國還是一個「組裝與代工」，而不是「創新與發明」的經濟體**。更進一步說，大部份在中國為外銷而組裝或製造的貨品都是其他地區的創意產物。中國竊取智慧財產的猖獗，以及政府每年在境內投入數十億的資金，激勵「本土化創新」（indigenous innovation）的作法，在在意味著他們清楚承認創新方面的失敗。雖有可能會隨著時間的過往而有所改變，只是到目前為止，中國幾乎沒有在科技或產品線上，或自然科學、醫療科學、社會科學以及人文領域方面制訂過全球標準。中國人不曾因為他們的研究而得過諾貝爾獎，而且中國大陸的大學，除了目前被列為「泰晤士高等教育全球排名」（the Times Higher Education Global Rankings）前一百名的清華、復旦與北京大學以外，也並不具備全球的競爭力。此外，中國在全球創新指數的排名也並不高。有關二〇一五年最具創新能力的國家，在「彭博創新指數」（Bloomberg Innovation Index）的排名中，中國的整體排名列於第二十二名[47]。中國在「世界經濟論壇」（World Economic Forum）的創新排名中，也沒有排入前十名[48]。

雖然中國的整體表現不佳，但還是有些企業非常具備創新的能力，並在生物科技、奈米科技、消費電子、手持裝置、醫療器材、通訊設備，以及軟體、機器人、綠色能源技術和節能車輛的領域開創出尖端的科技。中國的太空計劃、高速鐵路，與深海載人潛艇等，均獲得國際的關注。就像習近平自己所指出的：「經過多年努力，我國科技整體水準大幅提升，一些重要領域躋身世界先進行列，某些領域正由『跟跑者』（follower）向『並行者』（parallel runner）、『領跑者』（forerunner）轉變[49]」。

大部份的這類突破，都來自於政府列出優先順序和研發方面的投資，不過來自企業的佔比正在增加中。在「二〇二五年中國製造」戰略中，政府選出十個優先的「策略性工業」：新資訊科技、數位控制工具與機器人、航太設備、海洋工程設備與高科技船舶、鐵路設備、節能與新能源載具、發電設備、新材料科技、生化醫藥與醫療器材，以及農業機具。中國極具雄心，要在二〇二五年之前成為高端製造業的全球領導者[50]。中國已經是二百二十項工業產品的世界第一大生產者，而且在二〇〇六年中國也取代美國成為世界上最大的高科技產品輸出國，佔有全球市場的百分之十七[51]。而且中國企業看好，未來潛力無窮。

毫無疑問隨著時間過往，中國當然會創新，然而重點在於：創新能有多大？在哪些領域？以及對於大範圍、長期的創新，會有哪些阻礙或助力？而這些是可以被克服的嗎？對於以上這些問題，我個人抱持懷疑的態度，而且還有其他人也跟我一樣[52]。

中國政府似乎認為，就像蓋高速鐵路與其他的基礎建設一樣，光靠投資就能刺激創新。政府的確在研發方面投入巨額的資金，目前高達GDP的百分之二・一。雖然還在增加中，但是中國的研發支出與美國占GDP百分之二・九、德國的百分之二・八、日本的百分之三・三、台灣的百分之三・一，以及南韓居世界之冠的百分之四・二相比，仍然落後。以國家目前研發預算增加的速度來看（二〇一二年以來，從百分之一・六提高到百分之二・一），中國約可在二〇二二年超越美國，屆時，每年的研發支出將超過六千億美元。從人員與機構來看，中國擁有一個龐大的研發網絡[53]，在大部份的國務院部會之下，以及在國家級的國防工業結構當中，有一個盤根錯節的國家研究機構的官僚體系。中國的國防工業長期不具備創新能力，甚至因為模仿而帶來嚴重的問題，但這正在迅速改變。張太銘（Tai Ming Cheung）曾表示：中國民間與軍事的整合，以及國防科技的創新，是真的起飛了[54]。

創新所需要的，不止於政府對研發的投資，歸根究底，最重要的是教育系統要能培養出具備批判式思考能力與自由探索知識的人才。換句話說，要以一個比較開放的政治體制，不允許審查制度或設置研究「禁區」（no go zones）。應該要鼓勵學生與知識分子勇於挑戰傳統，即使犯錯也要以激勵與獎賞，取代迫害與懲罰。中國教育中根深蒂固的死記硬背與一再重複的教學方式，是創造力的真正阻礙。中國的大學教學系統需要反覆灌輸批判式思考與開放式的知識探索。即使政府有計畫吸引留學海外的研究人員回國，像是「千人計劃」（Thousand Talents program）也不足以抵銷中國大學體系的長期性內在弱點（見第三章）。雖然政府提供「海歸派」擁有住房、高薪、實驗室、研究助理，以及其他的優厚條件，但有些人還是抱怨，這些優惠仍然比不上他們在西方世界所放棄的一切[55]。

教育改革是無止境的。中國的媒體要更開放，放棄審查制度，而且徹底與世界接軌。如果政府當權者繼續阻擋網路、國外的搜尋引擎，以及大部份的國際媒體，中國社會將無法學習和參與全球創新。**在高等教育和媒體自由化之前，中國將永遠停留在組裝與代工的生產模式中，無法靠創新與發明走出「中等收入陷阱」**。

「創新」應該視為一種從上至下、從下而上，以及從外而內的現象。中國已經有第一類，些許的第二類，但嚴厲限制自己碰觸第三類。政府正在從事由上至下的研發投資（就像所有工業經濟體都在做的），有少量從下而上的投資是來自中小企業；但是中國知識階層之間的電子化連結，以及中國公民對世界的全面電子化連結，還有著嚴厲的限制。然而這並不表示中國在創新方面的努力將會失敗。確實，從上至下的投資，以及設定優先順序的結果，在許多領域中獲致成功；雖然這種傳統、靠補助和保護特定工業的產業政策，也可以適用於推動「創新」，並且也能得到突破性的成效；也不拘是在威權或民主的體制中，都有過案例。由上至下的政府投資的確發生過效果，但光憑這一點，還不足以造就一個普遍的創新社會。在一個被高度保護的部門或環境，創新培育是一回事，讓整個大社會成為創意的泉源，卻又是另一回事。後者需要一個能鼓勵與激發批判性與創造性思考的教育體系，和一個能帶動中小企業創造新產品線的經濟體質——總而言之，就是一個能激勵個人創意的社會。

毫無疑問，中國當然富有企業家的精神，企業家創業精神的基因深植於中國。這是過去三十年來經濟快速成長的三大主要推力之一，另外兩個則是國外直接投資與產業政策。但企業家精神與創新並不完全相同；創新是指發明新產品，而企業家則是擅長行銷商品（不拘新或舊）。中國也有長期的山寨模仿傳統——從古代的山水畫到現代的消費性貨品，以及對現有產品與技術所作的進一步改良（有時候是剽竊與侵權）。這些傳統說得寬鬆一點也算創新，但絕不是真正的創新與發明。講得更白一點，如果當中國人開始創造與發明的話，就會懂得保護智慧財產權的重要性了。

中國還有一個長久以來的傾向，就是投資於應用而不是基礎科學的研究；因為偏好立即解決問題，所以並不在意於那些純粹學術性、不一定與最終生產有關、甚至不確定結果的基礎研究。這對目前正在成長中的「企業內研發」造成限制。中國也開始將研發外包到國外，希望能運用外國研發環境的優勢。根據中國商務部的統計，在海外成立了大約一百個工業園區與研發中心[56]。依我看來，這個趨勢是中國潛在的創新人士在國內碰到問題的另一個指標，非常類似於學生到國外留學的想法。

畢竟在今天這個全球化與相互連結的世界，專業人士與他們的同行保持每週七天、每天二十四小時的完全連動，絕對是必要的。「創新」絕對是一種跨越疆界與國際性的事業，而因為政府對於資訊、旅行，甚至與在中國的外籍人士互動，都有嚴格管控，所以中國在這方面注定落後。

為了社會的廣泛創新，是否要先有或伴隨政治自由化的議題，中國將成為人類歷史上最重要的實驗個案。有些觀察家正面而樂觀地認為中國有機會成為一個創新的超級強權[57]。對此，中國政府與企業領袖也正在竭盡所能，嘗試並推廣自己國家的創新潛能。我也許可能判斷錯誤，但**我認為在一黨專政的體制中，中國的創新能量將因為缺乏政治自由化而嚴重受限**。從來不曾看過缺乏民主或軟性威權的國家，卻能擁有創新經濟體質的歷史個案。不過我要再一次說清楚，**這不是一個「創新」與否的問題，而是「創新」能持續多久、走到多遠的問題**。不管政治制度如何，中國都將會創新與製造世界級的科技與產品。重點是，中國的創新會有多大程度與多普及？如果像新加坡或過去的南韓實施軟威權主義，而不是今天的強硬威權，中國將有更高的創新成功機會。**如果中國完全民主化，擁有完全開放的媒體，知識份子與老百姓擁有完全的自由，而且可與世界完全接軌，那麼它將成為一個創新的強國。否則成功將有可能受限。**

中國經濟的未來路線

以上的分析說明了我的信念，就像我在上一章所描述中國的經濟來到了十字路口：改革陷入僵局（事實上，自從三中全會以來從未真正起飛過），相對於過去的成長，經濟是停滯的。這讓我可以下結論，在下一個十年中國的經濟將會有四條可能的路線。

硬威權主義——有限改革，相對停滯

第一種情況也就是目前的情況，就是持續強硬的（政治）威權主義和相對的（經濟）停滯。裴敏欣巧妙的描述這種情況，叫「綁手綁腳的轉型[58]」。在這種情況之下，中國的經濟將持續以每年百分之三到五的方式成長，有些三中全會的改革方案將會執行，但是大部份的計劃都不會執行。許多的結構性不平衡和長期性的弊病，譬如債務，應該會繼續阻礙經濟發展。舊有發展模式當中的固定資產投資，會因維持成長與就業而必須持續進行。創新只會是部份的成功，因此無法讓中國從根本改變外銷組合。在政府部門中的既得利益者會重申他們的立場，而與轉型到一個比較市場導向的經濟妥協。相對的停滯將會蔓延，經濟無法從舊有成長模式轉變到新成長模式。由於國家部門的高額投資與寬鬆的信貸政策，雖然已可能隨著成長停滯而往下調整，但成長率甚至還會保持在一定的水準之上。在這種情況之下，中國將會像大部份的開發中經濟體那樣陷在「中等收入陷阱」之中。

但這並不是說，處於目前的（相對）停滯狀態就不是一種可以在未來存活的路線。事實上也有可能存活。要記得，沿襲舊有路線是最簡單的一種「摸著石頭過河」的模式。雖然這種作法可行，但我的猜想是，停滯將會像癌細胞般擴散，造成進一步的崩壞，導致長期衰退。這種經濟無法保持在具有活力狀況下的綁手綁腳轉型，將會導致下跌與滑落。成長率可能下跌至每年百分之一到二，所有以上所描述的現存問題都將持續糾纏並進一步惡化，實質上等同於放棄三中全會的改革方案。**上述情節，可視為具有中國特色的「日本式停滯」。有些分析家稱此為「硬著陸[59]」，我則認為是「漸進式崩壞[60]」。這種情況將嚴厲檢驗黨以政績為基石的合法存在性，若與其他弊病一起困擾黨國體制的話**（詳見本書三、四章），**最終可能會摧毀中國共產黨政權**。

新極權主義——回到從前，必定失敗

第二種情況，政府與黨的領導人決定，由於採取市場導向的改革無效或不符期待，所以他們選擇一種完全不同、有較大中央集權與控制的路線。這個選項的重點是，要強化政府以及所有政府部門，全面掌控日常生活的所有層面。三中全會文件中所談到的一切改革都將被擱置。這對於在以往被邊緣化的國有企業，和超過三十年來被冷落一旁、希望恢復社會主義中國的左翼領導人而言，就像是天籟之音。在政治上將更形緊繃與壓制，強硬的威權體制進一步回復到極權主義型態，重啟高壓政治與強化的控制。由一個遍佈各處的國家安全機構加強執行社會與意識形態的順服。至於經濟方面，私有化將讓路給重生的國營化，和由政府主導的集體化。國防工業集團將成為最受青睞的經濟部門；勞動力市場將受到嚴厲控制。民族主義飆升，激進狂熱的路線將可能會引發與日本或其他周邊國家的衝突。

雖然中國不無可能走回頭路，但我判斷是不可行的。因為私部門經濟已經有了巨幅的成長並取得主導地位，而且中國人民已經享有相當程度的自由。再者，極權式的經濟沒有效率。雖然難以想像，但也有可能再次回到天安門事件之後的一九八九到九二年間，稍微不那麼極權的「毛澤東式中國緊縮」情況。**今天，習近平所擁有和運使的權力，是毛澤東之後還沒有任何一位獨裁領導人所擁有過的，從一些他施政的作風來看，似乎已經在朝著這個方向前進。但我認為，重回過去的路線必定會失敗。**

軟威權主義——部分改革，成長有限

第三種情況，中國採取另一種方式上路。中國共產黨不會採取強硬威權主義路線而導致相對停滯和漫長衰退；反而決定轉向軟性的威權模式，並執行三中全會的改革（但不是所有的改革）以成功突破現況。一個更開放的政體有助於刺激創新、改善政府治理、緩解社會的緊張情勢，以及更全面的市場化並提高經濟的競爭力。由於開放提高了生產力，能夠解決並移除來自強硬威權路線所產生的許多瓶頸；而也如同J曲線所預測的，越開放就越穩定。**轉向軟**

性威權主義和更自由的政策，將使國家與社會更有助於經濟的正面發展。但最終若要完全脫離中等收入陷阱，變成一個完全成熟的現代化經濟體，則需要更全面的民主化。軟威權主義，就可能是第四種場景的催生者了。

半民主——改革成功，轉型升級

假如中國擁抱新加坡式的民主，那麼從舊到新的成長與發展過程，將可達成轉型所需要的「質變」。在此情況下，中國可以透過創新的方式脫離中等收入陷阱；解決懸而未決的債務問題，修補金融體系；為整體經濟注入更大的競爭與市場力量；成功推動政府的城鎮化計劃，解決戶口的兩難；擴大服務業和家庭消費；有效打擊貪腐；加強生態環境的維護；完全開發土地、勞動力、資本等生產要素稟賦；最終成為一個創新社會，並達成其他許多在三中全會及世界銀行與國務院的《中國二〇三〇》報告中所揭示的目標。這將遠超過軟著陸的情境，直接邁向改革成功。

展望：執政當局的迷思與迷失

如果沒有明顯的政治鬆綁與自由化，就無法達成經濟上的成功。簡單說，許多夢寐以求的改革都需要政府對社會全面鬆綁，特別是在有關創新方面，金融體系改革亦然。若沒有更大、更全面的經濟、商業與政治的透明化，所謂的「市場導向改革」就會流產，而且潛藏的因素也會繼續扭曲經濟的正常運作。

換言之，**中國經濟的前途，問題在政治**。執政當局必須要作出最根本的決定，移轉權力並大幅減少黨國體制在人民生活中所扮演的角色。如果黨的領導人決定這麼做，採用第三或第四種路線，他們將可能改革成功，也有助於他們繼續掌握權力，並帶領中國進入下一個三十年的成長與發展的高峰。但相反的，如果他們不這麼做，經濟就會逐步停滯，社會衝突加劇，從而影響到執政當局的穩定。

中國共產黨的領導階層是否會作出如此艱難的選擇，透過鬆綁而不是更加緊縛，來決定他們的集體生存以及國家整體的未來發展？在第四章會進一步討論這個難題，但**我的直覺分析是：不會！**黨的領導人對於採取必要決定而放棄相當程度的權力，深感不安；況且繼續採取控制與打壓，還可以保有權力。因此隨著時間的推進，這個黨國體制將會更形萎縮、腐敗，甚至沒落。

・第三章・

社會：所得不均、周邊不滿、人口老化、挑戰治理

像中國這樣的政府，高度仰賴「政績」來取得民眾的支持與政權的長久，中國社會快速劇烈的轉變，帶來了許多社會問題，形成對國家治理的挑戰。

在中國改革開放期間，沒有一個部門像「社會」那樣快速而徹底改變；歷史上也沒有一個「社會」曾在這麼短的期間內，經歷如此深刻的變化：從一個農業、未工業化、教育不普及、自我封閉、因循守舊、一成不變並完全依靠國家提供基本所需的社會，發展到一個城市化、工業化、財富快速增加、教育程度提高、開放、多元、充滿活力而且能夠從市場上買到大部份生活必需品的社會。

在過去四十年間，任何人如果像我一樣每年都到中國旅行，就會見證到全球五分之一人口令人震驚的生活轉變。記得在一九七〇年末我首度造訪中國時，改革開放正在進行，鄧小平訴求的主張是「致富光榮」（to get rich is glorious），當時中國的城市居民渴望擁有的是「四大件」，指四樣會轉動的東西：腳踏車、腕錶、縫衣機、洗衣機；以及三樣家電：電視機、電冰箱和私人電話。而今天，中國的新富豪到國外旅遊購物甚至置產（二〇一四年，中國旅客出國旅遊人次已經高達一億九百萬），為他們的子女支付高昂的出國留學費用，坐擁豪華轎車，住在私人購買的家園中，並擁有巨額的可支配所得。現在的中國，已有世界上數目最多的一百零九萬名百萬富翁；和全球第二多、一百五十二位財產超過十億的億萬富翁，外加在香港的四十五位[1]。

的確，中國社會的財富與物質生活已有了巨大改善。許多生活品質指標也提升不少，像是人均所得達到七千五百九十三美元；平均壽命是七十五歲；識字率為百分之九十五．一；每千名嬰兒出生中只有十一人死亡；百分之一．七的出生率；女性就業佔職業人口比率為百分之三十八．一；百分之六．一的人口生活在貧窮線以下；中等教育就學率為百分之九十二；百分之九十五的人口擁有健康保險和基本健康照護；以及百分之九十四．五的人擁有通訊設備[2]。整體來說，在「聯合國發展指標」（the UN Development Indicators Index）上，中國在一百九十五個國家中排名第九十一[3]，中國社會已在許多領域取得大幅進展。

但財富增加與生活品質提升，卻為中國的未來帶來各種嚴重的問題與挑戰。埋藏在表面之下，是所有現代化社會都無法避免——期望不斷成長的革命。在過去三十年以來，中國社會的所有階層都取得了長足的進步；但這也開啟了一個永遠不滿現狀，必須尋求永續發展的重大工程。社會發展愈快，期望也愈大。當然無可避免有許多人的生活並沒有像其他人一樣，改善得那麼快或那麼多，因而擴大了階級差異與妒忌。更有甚者，當人們變得更富有而且滿足了基本消費需求之後，會期待並要求政府提供更多更好的「公共財」（public goods）服務，例如：人身安全和免於犯罪的侵犯、提升教育品質、清淨安全的生態環境、更便利的交通運輸、全面性的健康照護、國家安全保障等。這是所有新興工業化社會預料之中但無法避免的革命。**像中國這樣的政府，民眾的支持度與政權的長久性，所依靠的就是政治學上所謂的「政績合法性」（performance legitimacy），因此無可避免地要面對不斷提升民眾生活與增加公共服務的壓力**。

在本章，我羅列了許多當今中國要面對的重大社會挑戰。政府未來的主要任務就是如何有效解決這些問題。有些問題來自於政府施政的結果，諸如城鎮化、健康照護、教育、年金，以及環境生態維護等。其他像是社會階層化以及人口轉型（demographic transition）等問題，則大略與政府的政策無關。而有些問題本身就是政府的政策，比方對於公共領域（public sphere）的打壓，以及正發生在中國周邊地區的騷動。為了有效解決問題，像環境保護和提供公共服務方面需要一個比較強勢與主動的政府；但在公共領域和新疆、西藏問題，則需要一個較為寬鬆又比較不高壓的政府。現在讓我們更仔細地來檢視這些未來的挑戰。

所得不均造成社會不滿

「階級」在共產黨治理的中國一直非常敏感。毛澤東的革命理論前提，一大部份是基於社會主義的願景，要推翻原本「不公平」的階級結構而最終完全廢除階級，但工人階級除外。工人階級應該是「無產階級專政」（dictatorship of the proletariat）的關鍵，這與馬克思的願景一致。在廢除階級的過程中，毛澤東與共產黨事實上製造了更多真正的階級[4]。在建政之後，一九五〇年共產黨依據每一個人的職業，歸納為三十八個階級類別[5]。從那以後，毛澤東的時代就由階級標籤化、階級劃分與階級鬥爭所主導，一直到偉大的無產階級文化大革命（一九六六到七六年）結束。

「後毛澤東時代」所發生的是大幅多元化和層級化，在「社會主義市場經濟」（**socialist-market economy**）之中，創造出各種新的職業，而且因為放鬆了戶口管理制度，促進了勞動力的移動。許多人跟隨鄧小平的「致富光榮」訓示，在一九七八到二〇〇六年之間，從事農業的勞動力人口從百分之六十七．四跌落到百分之四十．三；而從事私人商業活動的人口，包括私人創業、私人企業主和他們的員工，從百分之二．二成長到百分之二十．九[6]。農村與都市的家庭所得兩者都是逐年成長，大約是每年農村成長百分之七，都市則成長一成[7]。

在天秤的一端，有超過兩億人脫貧，這是個令人佩服、史上未有的成就。然而卻仍有八千二百萬人過著貧窮線以下的生活，每天所得不到一美元。但在天秤的另外一端，就像本章開頭所提，中國現在可以誇耀有超過一百萬名的百萬富翁，和接近兩百名擁有十億財富的億萬富翁。這些高層階級現在佔人口的百分之六[8]。中國的超級富豪不拘一格：根據「胡潤中國富豪排行榜」（Hurun China Rich List）一千名最富有的中國人，平均年齡為五十一歲，受過良好的教育，其中百分之十五為女性，在不同的領域致富，主要是不動產和製造業，而且都住在中國沿海地區[9]。

更明顯的是，根據報告，現在中國中層階級的成長，大約佔人口的百分之二十八（高層與較低層的家庭併計[10]）。這一部份預期會在下一個十年當中急劇成長。一份由麥肯錫（McKinsey & Company）所作的主要研究中預估，到二〇二二年時高端的中層階級，將會膨脹到城市人口的百分之五十四；而較低的中層階級將會縮小到百分之十四，高層階級將會成長到百分之九[11]。麥肯錫認為，這些發現所代表的是，未來巨額的消費性支出，他們預估到二〇二二年時，富有和高端階層的支出會上升達百分之四十二。有趣的是，麥肯錫的報告也預測，中層階級在地理位置上，會從沿海向內陸省份集中挪移。目前中國沿海佔有百分之八十七的中層階級人口，但預期會跌落至百分之六十一；而中國內陸則會上升至百分之三十九。消費者的喜好也會跟著改變。因為預期下一世代的年輕人，也就是目前十幾歲和二十出頭的人，他們的購買習慣將更具實驗性和多元化。另外一份亞洲開發銀行的研究，對於中國的中層階級潛力則更加樂觀，認為到了二〇三〇年將會佔總人口的百分之八十[12]。也許不太可能會有這種規模與速度的成長，但仍然點明了中國即將面臨的劇烈社會變遷。

中國目前和未來的一個特別嚴重的社會問題是「所得不均」。雖然官方的估計並不同意，但**中國目前已經是，在衡量所得分配不均的「基尼係數」（Gini Coefficient）指標中，世界排名最高的前十名國家**。世界銀行在二〇一一年的

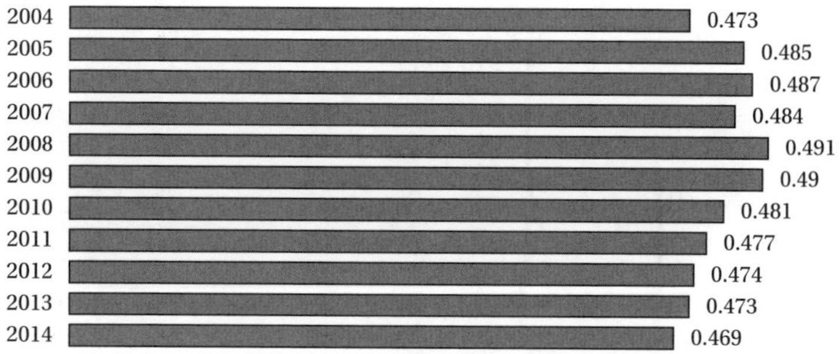

圖表 3.1　中國的基尼係數
（來源：中國國家統計局）

估值是最低的〇．三七；而根據中國政府自己的計算（圖表3.1），在同年較高，達到〇．四七，其他所有的估算都在兩者之間，落在〇．四二[13]。中國的基尼係數排名大約在二〇〇九年時達到高點，之後就開始下滑，與全球的模式一致。雖然不像南非、巴西或者奈及利亞那樣高而且嚴重，但中國的基尼係數也在世界排名第四了（圖表3.2）。

所得不均並不單只是一個統計數字。就像學者杜克特（Jane Duckett）與王國輝（Guohui Wang）

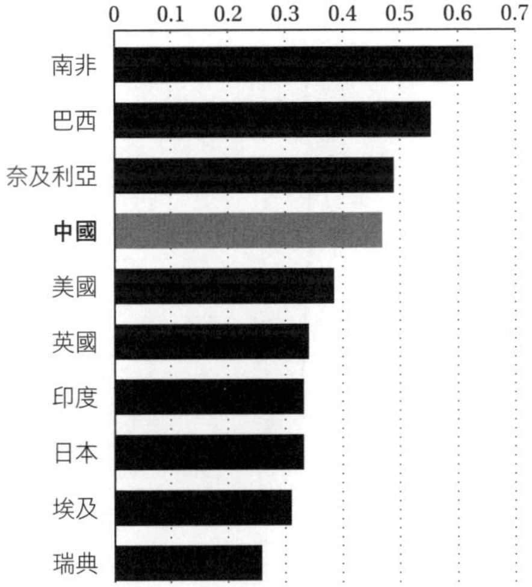

圖表 3.2　中國基尼係數的比較
（來源：中國國家統計局、經濟合作暨發展組織、世界銀行）

所指出，所得不均包含了個人與家庭獲取公共服務，像是住房津貼、健康照護以及受教育的能力；會扭曲人們對就業的追尋，也包含了歧視以及對女性和少數族裔的不公平待遇[14]。

如同哈佛的社會學家懷特（Martin King Whyte）的研究所描述，所得不均也是一種深刻的「剝奪感」——是人們對於自己個人、自己的社會地位與競爭機會相對於他人，是否感到不公平與歧視？懷特密集的調查研究讓他得出了不同於直覺的結論：並沒有太多的證據能證明所得不均造成眾怒攀升；也沒看到太多跡象顯示，因為所得不均與社會不公義所引起的普遍不滿，導致中國朝向「社會火山」（social volcano）發展[15]。

我非常尊重懷特教授也肯定他實驗數據的重要性，但我非常懷疑他的結論。**在我看來，中國的社會是個火藥庫，正在等待被點燃**。「社會火山」並不是一個妥當的比喻，另一個比較貼切的比喻是，如同盛夏時一個非常乾燥的森林或草原，一旦火苗爆發就會迅速蔓延。就像毛主席所信奉的「星星之火，可以燎原」，中國每年已經發生了將近二十萬起必須要被驅散的「群體性事件」（incidents of mass unrest）（圖表3.3）。我個人的觀察以及近幾年以來與中國人士的對話，引導我得出與懷特相反的結論。前提是，我的感覺並非基於大量數據、多年期以及多地方性的調查，而是根據舊式的觀察與對話。我感受得到，對於許多社會問題的一種跨越階層、而且普遍全面的挫折感。當我二○○九到一○年，住在中國的那一年之中所交談過，跨越十一個省份、遍及社會各階層的人士，包含知識份子、工人、農民、青年、年輕的專業人士、少數民族、外來移居人口和一些生意

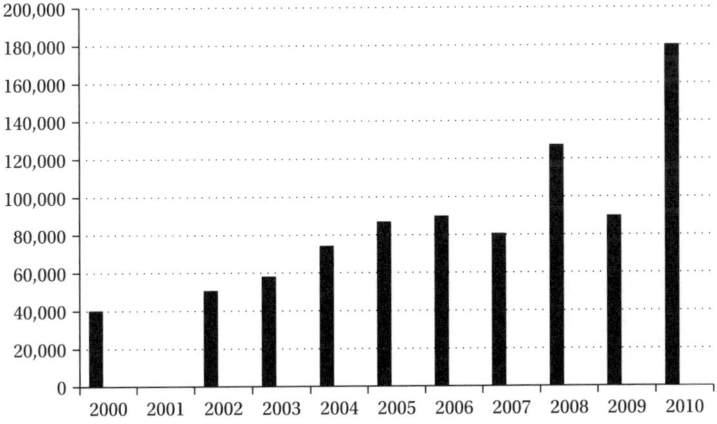

圖表 3.3　中國有登載記錄的群體性事件
（來源：金融時報 中國勞工通訊）

人，甚至黨員與官員，都表達了相對的挫折感。

雖然這段時間以來，某些群體的所得與競爭機會均明顯增加，但就像本章開頭所指出，問題是「期望成長的革命」。我們在前一章說明，在未來的幾十年當中，經濟會持續放緩甚至停滯成長，而且人們的競爭機會也會相對減少，進一步衝擊到已經擁有相當政治影響力的中層階級。所以我預見，**對於社會所得不均的實質發展與相對剝奪感，都會隨著時間增長**。

共產黨與執政當局當然很清楚這個涵蓋社會的和經濟的，甚至是政治的未來發展。畢竟他們宣稱自己是一個致力於均平的黨國體制。中國的社會有一點像歐洲社會，都期待政府主動來解決所得不均的問題。對於這個部份，政府已經使用了許多不同的政策與工具，試圖縮小日漸擴大的財富差距，例如：稅收、所得移轉、糧食價格支持政策、農村青年學費減免、城市住房和健康照護補貼、對國家內陸與西部地區的直接投資，以及其他方案等，這些都是值得稱許的計劃。而且時間會告訴我們，這些計劃是否足以應付中國愈形嚴重的社會階層化問題，我對此存疑。

當前，有一個可以清楚抓住中國社會不安定的指標，就是每年發生「群體性事件」的次數正在攀升。根據公安部門的統計，這些定義為一百人或更多人參與的事件，正隨著時間而穩定增加。在一九九三年時八千七百件；到了二〇〇八年十二萬件[16]。有些報告指出，從二〇一三到一四年，總數甚至高達十八萬到二十一萬件（見圖表3.3）。

有些事件的規模很大，參與人數從幾百人到一萬人甚至更多。這些抗爭絕大部份是因土地所有權，政府與開發商強迫住戶拆遷，或是地方官員對農人強制徵收費用，以及積欠工資的爭議所引起，而與環境惡化、貪腐及族群衝突有關的事件也在增加中[17]。

不斷升高的公眾抗爭，不管規模大或小，都讓中國政府非常緊張，而且不無道理。隨著世界各地的「阿拉伯之春」（the Arab Spring）和「顏色革命」（Color Revolution）接踵而至，中國的當權者對動盪不安有著過度的警戒，而且迅速採取鎮壓行動。雖然儘可能維持和平的處理方式，但有時候還是會動用武力，甚至導致人員傷亡。準軍隊的「人民武裝警察」（People's Armed Police, PAP）負責處理暴動、大規模暴力犯罪以及恐怖攻擊，他們是由地方民兵、一個特別的省級指揮單位、後備軍人或者（如果必要的話）人民解放軍的單位所支持[18]。

全國公安部門的佈署人數總計約為二千五百萬。並不令人意外，自從二○一一年以來中國內部的維安預算，事實上要比軍事預算來得大，都是政府所謂「維穩行動」（stability maintenance）的一部份。二○一五年通過新的《國家安全法》與《反恐怖主義法》更顯示出政府的關切，並強化預防與壓制的手段，在在都表示了從二○○九年以來，更為廣泛的壓制與加強內部的安全；而習近平在二○一二年掌權之後，又更加明顯強化了。在下一章我們會再回到這個題目，現在先來討論一個比較特別的層面。

周邊地區的不滿

中國政府在下一個十年所要處理的問題當中，最尖銳的挑戰是情勢正在升高的周邊地區：新疆、西藏、香港，與台灣（圖表3.4）。新疆與西藏是極度不穩定，香港與台灣比較和緩，但都有與北京發生衝突的潛在問題。

每個地區的不穩定源頭都有它們的獨特性；在不同程度上，這些地區的居民都痛恨並拒絕被北京的中央政府管理。在每一個案中，問題的癥結是這些地區居民所擁有的「個別認

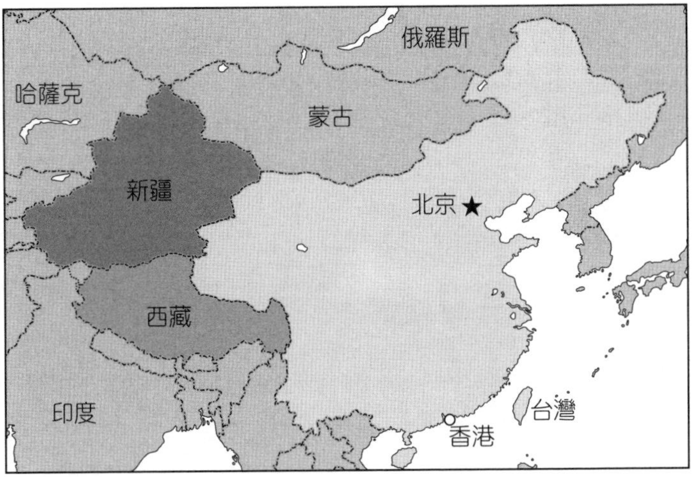

圖表 3.4　新疆與西藏

同感」（separate identities）。這種不一致的認同感，在新疆與西藏地區本質上是種族與宗教[19]；而從香港與台灣的調查可知，其中雖然也有族群的因素，但大部份與政治上的認同及主權有關，來自大陸影響力的延伸，和歷史上他們隸屬於大陸當局管轄之外的自治權[20]。台灣的民意調查持續顯示，大部份的居民不認為自己是「中國人」；而最近香港的民意調查顯示，只有百分之十二．六的極少比例認為他們是中國人，接近百分之五十認為自己「既是香港人也是中國人」，而百分之二十七則認為自己是「香港人」[21]。

從新疆與西藏來看，部分問題來自維吾爾族與藏族經歷過安全部門的人身鎮壓與迫害，例如：毆打、留置、失蹤、遭逮捕監禁，以及破壞寺院或祭祀的場所。除了鎮壓之外，還有許多關於雇用、宗教祭拜、受教育與獲得法律服務，以及母語教學等方面都受到廣泛歧視，或遭遇漢族和地方當權政府的排斥，許多人甚至將漢族視為入侵者，因此新疆與西藏兩地都有著漸升的失望感。在抗議聲中，藏族發動了幾次起義，從二〇〇九年到一五年中期，總共有一百四十七人犧牲性命[22]。在新疆也曾有過幾起暴動以及大規模的傷亡。主要暴動是二〇〇八年三月在拉薩、二〇〇九年七月與二〇一四年五月在烏魯木齊、而二〇一一年七月也在和闐與喀什爆發。這些個案中，抗爭都受到了準軍隊的人民武裝員警無情鎮壓，兩個城市仍處於封鎖狀態和實質上的戒嚴當中。維吾爾族也把他們的痛苦轉嫁到漢族地區，採取極端行動，包括大規模的恐怖活動，並在北京、石家莊、昆明及廣州屠殺平民。

北京中央政府曾試圖以不同的方式，讓這些周邊地區處於掌控之下。習近平對西藏使用經濟投資、基礎建設、國家安全機構嚴密監督，以及準軍隊強力鎮壓的組合。對於香港和台灣，北京的策略是製造兩地對大陸的經濟依賴，並加上不同的政治手段。在香港，北京透過親自挑選的特首和當地的大亨來操作，這種作法自外於大部份的香港一般民眾。二〇一七年變更特首選舉方式，更加深了與香港一般民眾的分裂，導致二〇一四年的「佔中行動」和「雨傘革命」，持續七十九天並吸引成千上萬的香港居民，上街頭抗議北京當局的作為。

因為台灣擁有獨立和活力豐沛的民主制度，北京政府無法如同香港一般，透過操弄菁英和官員來從事政治運作。近幾年來，快速成長的跨海峽連結與經貿往來，讓許多人憂心將形成對大陸無法回頭的依賴，開始在台灣造成反彈。二〇一四年「太陽花」佔領立法院與行政院的運動中，這種反彈被放大出來。所以香港與台灣兩地，已有證據顯示、也持續朝向遠離而非更靠近大陸與中央政府的趨勢發展。這種趨勢在未來幾年可能會深化並造成愈來愈多的爭議。如果中國大陸企圖對任何一個地區使用武力，以壓制它所認為的「分離主義活動」（separatist activities），將會發生難以預測的爆炸性衝突。

放眼未來，這四個地區都可能變得更不穩定而非更穩定。它們會為北京的中央政府帶來層出不窮的挑戰。雖然不可能實際去測量，但我的感覺是，四個地區之中的三處（台灣除外）已經處在全面的公民不服從與反當局行動的邊緣了。每個地區都是易燃物，等著被點燃，而且導火線已經在燃燒了。中央政府的制式反應是愈來愈多的打壓，企圖使這些「自治區」（autonomous regions）延後或壓抑真正的獨立自主。所以也不會透過大型基礎建設投資來

「收買」順從。**如果北京夠聰明，就不該採取制式打壓和經濟合作模式，而應尋求相反的政策：安撫、容忍並給予真正的自主。然而這與目前中國共產黨的看法截然不同**（見第四章）。

打壓公民社會，與國家漸行漸遠

中國未來的關鍵性政經議題是公民社會的演變。公民社會認定一個社區所發生的公民活動，包括個別的公民、團體或結社，完全獨立自主而且不受國家控制。在民主政體中公民社會不是問題，它是一個社會應該如何運作的固有面相。但在像中國一樣極權的政體，就是一個具有高度政治性的大問題。

自一九八〇年代「公民社會」首度開始形成時，中共黨政部門和這個社會行動領域之間一直存在矛盾。在一九八九年四至六月的天安門動亂，以及東歐共產主義在那年的夏秋之際瓦解後，中國共產黨的領導人很快就把這些事情歸罪於對公民社會的要角，主要是知識份子，太過容忍。一九九〇年中期當「顏色革命」橫掃「後蘇聯」（the post-Soviet）地區時，北京也很快譴責西方，特別是美國煽起革命暴動並與主權（威權）政府相抗衡，導致長達十年，在中國政府與公民社會要角之間的貓捉老鼠遊戲。從一九九〇年中期到二〇〇〇年中期，雖然公民社會的範疇與空間變得更寬闊，但大多不是出自政府鼓勵，許多公民社會要角得以在介於個人與政府之間的地帶積極活動。

就某種程度上來說，當局容忍公民社會的成長；同樣就某種程度來說，雙方試著合作成立「官辦非政府組織」（government-organized non-governmental organizations）或稱作「GONGOs」的單位來控制。然而在大部份情況下，私部門的公民活動卻超越了政府緊盯的眼光和打壓。結果到二〇〇三年底為止，根據民政部的統計，有一千七百三十六個正式在中央登記的社會團體，十四萬二千一百二十一個在地方的層級，以及十二萬四千四百九十一個「私有非企業單位[23]」。到二〇一四年為止，總數持續增加到超過五十萬個單位正式登記，推估還有一百五十萬個未登記的單位[24]。包括範圍廣闊的倡導團體（advocacy group）——從倡導瞭解愛滋病到關心外來移居人口權利、災難受害者，以及其他許多值得關切的議題的組織。雖然私人捐贈在中國的富有階級中仍是一個不普遍的概念，但關愛人類的慈善團體卻已開始成長。

公民團體的確在這段期間中生根並成長，但來自黨國體制的關切也同時增加了。大約在二〇〇九至一〇年開始，中央與地方政府當局開始控管這些激增的組織，也就是更廣泛的政治緊繃與打壓（見第四章）。其中很大部份也適用於外國資助的非政府組織，控管的次數與行動都在增加。至於增加關切與控制的動機，來自擔心這些團體（以及可能是他們後台的外國政府）在中國引發「顏色」或「茉莉花」革命的潛在可能性。

有些可靠的中國消息來源說，俄羅斯的普丁啟發了前總理胡錦濤鎮壓公民社會的想法。在一次上海舉辦的合作組織高峰會中，普丁對胡錦濤說：如果你無法掌握這些在中國的非政府組織，就像在俄羅斯所做的那些事，那你也將遭遇顏色革命[25]。於是胡錦濤就發動打壓一直持續到現在，二〇一二年之後變得更為密集。在二〇一二與一五年之間，有超過五百位積極份子與異議人士遭逮捕並判刑入獄[26]。在二〇一五年七月，兩個星期之內，有二百位在司法體系中保障他人權利的維權律師，被認定為「破壞份子」或「麻煩製造者」而遭到拘押[27]。廣泛的地毯式檢查制度不但涵蓋了中國的城市，也涵蓋了中國的網路。

中國新的《網路安全法》是在二〇一五年中通過或起草中的四個法律之一，其他是《國家安全法》、《反恐怖主義法》，以及《境外非政府組織境內活動管理法》。這些法律賦予政府機構實質上的無限法律權力，可以羈押、逮捕和監禁任何認定為威脅國家安全的公民。《網路法》明文規定，任何的「毀謗性訊息」若透過社群媒體被轉傳五百次或被讀取五千次就是非法。結果大量的線上作家與部落客因為在網上「挑起爭議與激起麻煩」而遭羈押。《國家安全法》賦予內部安全與司法機構非常廣泛的權力，以控制與打壓大範圍的本國行動者[28]。《境外非政府組織境內活動管理法》使得外國的非政府組織幾乎不可能在中國運作，甚至有外國大學參與的一般學術交流也變得困難。《反恐怖主義法》除了其他規定以外，更賦予政府侵入十三億九千萬公民私人生活與通訊的權力。整體而言，這些新法律將政府的控制與打壓，帶進全新的法治範疇。

隨著時間經過，在黨國體制與社會之間，有關公民社會（也包括公部門）的鬥爭只會加劇爭議，而且在下一個十年中將成為一黨統治的關鍵壓力點之一。目前黨國體制正嘗試把眾所周知的「精靈」再放回瓶中；但是這種倒退式的舉動卻出現了幾個問題。首先，公民社會已經發展得太廣以致於無法控制，像是「打地鼠」遊戲，當一個被打到另一個又跳了出來。第二，資訊科技——特別是社群媒體已太普遍以致於無法有效控制。第三，控制、阻撓交流與懲罰無辜的公民，只會進一步讓社會與國家疏離，到頭來黨國體制將會失敗，只顯露出面對正常社會行動的深刻不安。

下一個十年的戰場將在城市、網路世界、知識份子出版品，以及大學課堂，而黨正在打一場快要輸掉的戰爭。**唯一的替代方案**，在下一章會以比較長的篇幅描述，**是回到一九九八到二〇〇八年間較為開放、容忍與自由的政策**。如果這麼做，公民社會將會蓬勃綻放。雖然毫無疑問必定會增加對黨與政府的批評；但一群具備了安全感的執政菁英可以採取更積極與正面整合的方式來傾聽，而不是打壓批評。甚至還可以強化黨的治理。只是目前，根據我們所瞭解的習近平與現在黨的領導人心態，回到更容忍與自由路線的機會幾近於零。因此可以預見在公民社會方面，緊張情勢將穩定上升——直到臨界點出現。

城鎮化的雄心與挑戰

另外一個對中國未來的明顯挑戰是城鎮化，對於執政當局，特別在李克強總理任期內（到二〇二二年結束）具有很高的優先性。二〇一四年三月李克強總理揭示「國家新型城鎮化計劃」，這是中國第一個官方的城鎮化藍圖[29]。歷史上未曾有政府規劃過一個規模如此龐大、全面又按部就班的城鎮化方案，範圍包括土地與建築物、公眾與私人運輸、通訊、公共服務、財政、生態、食物、勞動力、治理，以及都市規劃等其他面向[30]。中國每年在建築物方面的支出高達四千億美元，每年建造出兩百八十億平方英呎（約為七億八千萬坪）的新住宅不動產。預期在下一個十年將佔有全球建築業百分之四十的份額[31]。政府的目標是到二〇二〇年讓百分之六十的人口居住在城市區域中，這需要遷徙兩億六千萬的鄉村居民，創造一億一千萬個新工作機會，永久吸納一億五千萬已經居住在都會地區的移居人口，並為他們提供居住、教育、健康照護以及其他基本社會服務的合法權益。如果一切照計劃進行，到二〇三〇年有超過十億的中國人，佔國家總人口的百分之七十將會住在城市中。這是個極具野心的巨大責任，沒有任何政府或社會曾經嘗試過。如果成功，將對總體經濟成長新模式的兩個關鍵因素有正面的貢獻：創造一個新的服務業勞動力泉源和刺激消費者支出。

從一九七八年改革開始（圖表

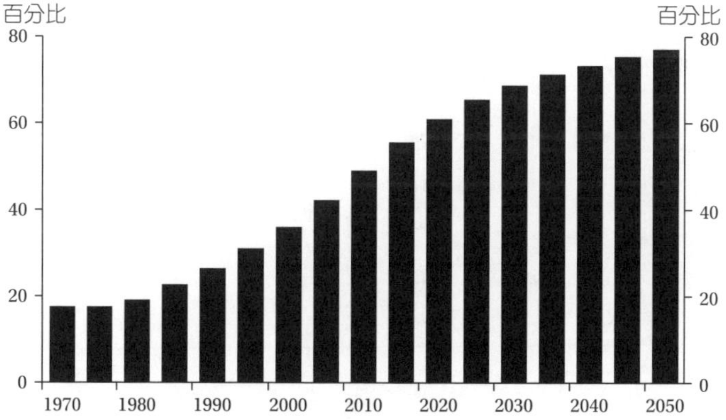

圖表 3.5　中國的城鎮化成長率
（來源：澳洲財政部）

3.5），中國的城鎮化一直是個穩定過程。當時只有百分之十八的人口，約一億七千二百萬人居住在都市地區，今天則有過半的人口，百分之五十四或七億三千一百萬歸類住在城鎮之中。這種穩定的成長是三種過程的結果：農村到城鎮的移民、新的城鎮基礎建設以及城市範圍（實質上的擴張範圍）的重新劃定。

根據李克強總理所說，未來的三個城鎮化的主要推動力量，將提供目前居住在城市的移動人口一億個戶口，等同於赦免；在現有都市區域中老舊的建築物，更新給目前的一億人居住；在國家的中部與西部地區，再規劃供一億人口居住的城鎮[32]。這「三個億」的創新計劃，將從現在到二〇三〇年共同達成增加百分之十六城市居民的目標。

中國城市的純粹規模很難掌握。今天有十個城市的人口超過一千萬，十四個超過五百萬，有四十一個城市的人口為二百萬以上[33]。根據麥肯錫公司預估，到二〇二五年世界上兩百個最大的城市有四十六個在中國[34]。政府計劃把大珠江三角洲地區建設成包含廣州、深圳與珠海在內、總人口四千二百萬的巨大都市[35]；北京、天津、河北三角地帶也就是眾所周知的京、津、冀，將建設成一個幅員廣達八萬二千平方英哩（約一千二百萬坪）、總人口為一億三千萬的都市[36]。建立超大都會區的新策略從幾年之前才開始，改變政府原本開發中小型城市優先的政策[37]。

「建設生態城市」與「都市綠化」是政府計劃的另一部份，當環保的災難困擾著許多中國城市時，算是合宜的目標。中國五百大城市不到百分之一合乎世界衛生組織所制訂的PM2.5空氣品質標準[38]。這並不是中國首度將「生態城市」列為優先，在二〇〇八到〇九年時北京與其他城市的空氣汙染急劇惡化，所以悄悄地放棄了極具野心的計劃。所以當一個計劃規劃得很好時，反而要對執行程度存疑。

都市化並不只著眼於功利取向，也包括建築美學。建築學者李士翹（Li Shiqiao）在他的著作《瞭解中國的城市》（Understanding the Chinese City）

中，討論到中國都市規劃的不同方法[39]。公共空間的土地運用、建築材料使用、設計的形狀（偏愛長方形），以及風水（占卜的運用）等元素都可區別出中國的城市風格。雖然中國的大部份城市建築都缺乏想像力，普遍還保有東德式的公寓建築傳統或城堡式設計的政府建築。但仍有一些主要的城市有著誇張大膽的設計，像是國家表演藝術中心、上海歌劇院、鳥巢奧林匹克場館或位於北京的中央電視台、蘇州博物館、廣州的圓大廈（銅板），還有其他好幾個未來性的玻璃帷幕建築，點綴著城市的地平線。其中有許多由外國建築師設計，但顯然並非每個中國人都欣賞這種現代化的設計。例如最高領導人習近平尖銳批評這些前衛的建築是「奇怪的建築」，並在二〇一四年十月十五日的一次演講中要求暫時停建。習近平的觀點認為建築物應該像來自藍天的陽光、春天的微風，可以激發心靈、溫暖心性、陶冶品味，並能淨化不受歡迎的作風[40]。

可見城市化也有政治的面向。像中國問題學者萬家瑞（Jeremy Wallace）所提，中國最大城市的都市發展計劃是照正常方式規劃而非刻意為之，為執政當局贏得了城市居民、特別是中產階級普遍的支持[41]。相對看不到的貧民區、乞丐與犯罪讓中國的城市有別於大部份的開發中國家。不過長久存在的問題，像是交通壅塞與空氣汙染，也促使居民要求改善。萬家瑞也指出，非常諷刺地城市也吸引了抗議和反政府示威活動。

總之，政府的都市發展計劃是對於國家的未來發展最有趣、也最具潛在深刻意義的項目。對被束縛在農地與耕作幾個世紀的人民來說，城鎮化不僅是巨大的實體遷徙，也顯示心理層面的改變，原本住在一起的部落群體分散到新的地區，有著新的鄰居。**大規模與大數量的中國城市加劇了公共服務不足的長久壓力，所以無可避免，硬體基礎建設只好隨著時間而降低檔次。不過城鎮化轉移了勞動市場（特別是服務業），釋放新一波的消費支出，為超過十億的人口改善日常生活，不失其正面意義。**

人口移動與勞力市場的挑戰

中國的城鎮化、從農村到城市的人口移動及戶口問題複雜糾結。目前大約有二億的移居人口住在城市裡。根據國務院發展與研究中心估計，在二〇〇一至一二年間移入人口佔城市人口成長的百分之五十六．一[42]。因應大量農村人口移入而為農村移民提供住房與基本社會服務，拖累了城市施政當局。基本上移入人口、還包括就讀當地中小學校或大學的人並無戶口登記，所以無資格享有當地服務。

「戶口制度」是毛澤東時代所留下，當時共產黨執政當局設法控制所有公民的移動[43]，**是極權政府工具箱裡的關鍵手段**。**在改革期間戶口制度逐步瓦解，造成超過二億流動人口的巨大問題**。中國的國家統計局估計，二〇一五年有二億七千八百萬人住在戶籍地以外的地方[44]。因此有關如何改革戶口制度的討論永無休止——是要拆解成幾個部份，還是整個廢棄？若選擇保留，勢必對國家的勞動力市場發展造成阻礙；廢棄是最合理的作法，但目前政府拒絕了這個選項，並對系統改革採取不同的修補性試驗和替代計劃。

不過這部份已經告一段落。二〇一四年七月三十日中國共產黨中央政治局批准了一份文件：《關於進一步推進戶籍制度改革的意見》（**Guidelines to step-up Reform of the Household Registration System**）。這份新的指導方針，統一了國家的登記制度，廢除實質上會造成隔離效應的二級式城市與農村制度。新的制度雖然對於「特赦」已經非法住在城市的移居人口，仍懸而未決；但新的指導原則規定：對於獲得公共服務的限制，應該鬆綁[45]。這雖是往正確方向踏出的一步，但整個新制度能否發揮作用，或者更重要的，城市施政當局因為公共服務需求的增加，最終將付出多少代價，還有待觀察。

另外一個面向，是曾為國家經濟成長引擎的鄉村剩餘勞動力，現在已經通過了大家都知道的「劉易斯轉折點」（Lewis Turning Point），來到峰頂。也就是，工資不再因為從農村流出、進到工業體系的多餘農業勞動力，而能夠被壓低。結果，**在鄉村與都市兩處，工資都在穩定上升**。**這正影響著中國的後一九七八年成長模式中的核心因素：基於低薪的移入勞動力的低端生產製造**。人口的老化，也使得勞動力逐漸萎縮，因為在一九六〇到七〇年代出生的「嬰兒潮」人口，他們為改革之後的繁榮注入了動力，但如今年齡漸長了。現在，我們要以更近距離來觀察這一點。

人口結構老化危機

在本章節我們歸類所有社會的挑戰中，也許最沉重、也最快對中國未來的型態有所影響的因素，就是從年輕變成一個老化社會的轉型（圖表3.6）。年齡六十歲或以上的人口將會急劇增加，在過去十五年當中，增加了一億，從二〇一五年的二億到二〇三〇年的三億，而到了二〇五〇年，預測是四億五千萬。只有一名子女的家庭數目，佔人口中的絕大多數，但只凸顯了支撐老化家庭的挑戰。的確，**人口老化**

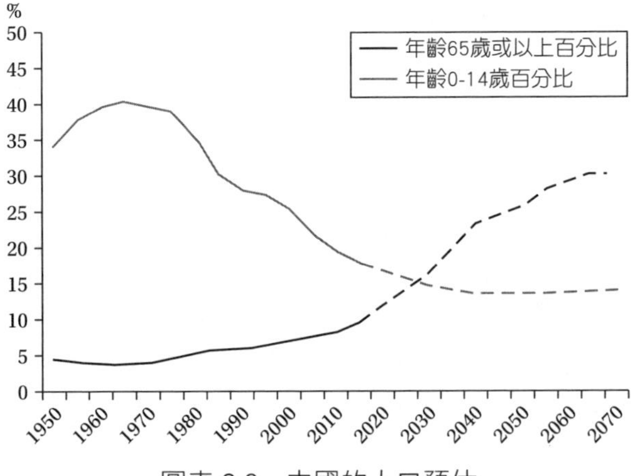

圖表 3.6　中國的人口預估
（來源：聯合國世界人口展望 2015 年）

所造成的支出增加，不但會把資源從投資與生產移走，也會測試政府滿足福利與服務方面需求增加的能力。總體而言，勞動力供給的下降，和公共與私人支出責任的增加，會造成一個中國前所未有的社會型態。

日本的經濟停滯，與人口老化有密切的關係，這已是一個立即可參考的例子。雖然二〇一三年一胎化政策限制鬆綁，二〇一五年廢止，但中國只有百分之一．七的低出生率，目前已不足人口替代水準，確定新進勞動力人數會持續下滑。加州大學爾灣分校的人口學家王豐（**Wang Feng**）貼切地描述了這種情況：中國人口的老化，所代表的是一種危機，因為危機逼近而且無法避免，但後果卻是巨大而持久，因此所產生的效應，將難以回復。在過去的三十年，中國的政治合法性是立基於快速的經濟成長；相對的，是依靠一群廉價並有參與意願的勞動力。但老化的勞動力會迫使經濟模式改變，也可能會讓政治上的治理更困難[46]。王豐進一步評論：隨著人口的老化，負成長最後將主導情勢[47]。

這還不只是一個尚未發生，而是已經存在的問題了。根據中國國家統計局的資料，工作年齡的人口已開始減縮，從二〇一一年的九億四千一百萬，到二〇一四年的九億一千六百萬[48]。在二〇一六與二六年之間，年齡介於二十歲與二十九歲的勞動者，將會下跌將近百分之二十五，從二億跌落至一億五千萬；年齡介於二十歲與二十四歲之間，下跌幅度甚至更急劇[49]。根據麥肯錫公司的估計，到了二〇五〇年勞動力將萎縮百分之十一[50]，這個趨勢將對中國的經濟造成深遠影響。

所以在許多會影響中國的未來、特別是經濟成長前景的因素當中，人口結構的變遷也許是最根本且具有結構性的意義。雖然有人高度懷疑，基於男女比例極不均衡，但就算假設中國在下一個十年或二十年會再出現一次嬰兒潮，那也要等到三十、四十年之後，才能影響到經濟；而且到那個時候，中國經濟對勞動力的依賴，要比現在少得多。**除了擠壓經濟以外，中國的老化社會也將對由政府或非政府部門所提供的「公共財貨」，造成巨大的壓力。**

公共財貨的挑戰

另外一個對於未來中國及其各級政府單位的巨大挑戰，是為人口提供公共財貨的預備措施，也就是公共服務。之所以是挑戰，並不只是因為人口數量以及人口結構老化，也證諸於其他國家的普遍經驗：當一個國家成長進步時，人民會開始在乎、而且期望生活品質的改善，並不僅是物質上的舒適而已，就像許多公眾意見調查所指出的情況，在中國也一樣。

「公共財貨」包括為社會提供大範圍的服務，通常是由政府，但有時也會由私部門的要角提供，像是國防與安全、員警與犯罪防治、交通號誌、公共運輸，食物安全標準、建築物編碼等。雖然中國近幾年以來，對於公共財貨（特別值得一提的是健康照護）的改善有許多進展，但仍然遠遠落後「經濟合作暨發展組織」（Organization for Economic and Cooperation and Development，OECD）的成員國。舉例來說，在二〇一一年時，OECD成員國健康照護對GDP的佔比是平均百分之七・七，而中國只有百分之二・

九；二〇一〇年時，OECD成員國的教育支出是GDP的百分之五．七，但中國只有百分之三．六[51]。對於中國，我將簡略提出會在下一個十年中，特別突出的領域：健康照護、年金、教育、環保，和能源利用。

健康照護

有關「健康照護」的規範，在過去的幾年是一個成功的故事。這個政府支持的制度，在改革過程中經歷了三十年的積弱不振；在無法更糟之後，胡錦濤和溫家寶的執政團隊於二〇〇九年很負責任地提出一個新作法來重建這個制度，並在二〇二〇年之前，為全民提供一個普遍而全面的健康照護[52]。這項作法達到令人驚訝的成功，就只在五年之後，已有百分之九十五的人口可以享受到某些健康保險的保障；這是一個在極短的時段中所達成的劇烈轉變，因為一直到二〇〇七年，還有百分之八十的家庭需要完全自行負擔他們的保費。這是中央政府補助資金注入所導致的驚人轉變，在二〇〇九與一一年之間，政府在健康照護系統注入了一兆二千三百億人民幣[54]；根據國際顧問公司麥肯錫估計健康照護的總支出，將從二〇一一年的三千五百七十億美元，增加到二〇二〇年的一兆美元[55]。

新的健康照護政策開啟政府對人民的「五個保證」：食物、衣著、醫藥照護、住房，與喪葬支出。健康照護系統的改革也包括：興建地方醫院與城鄉診所、訓練鄉間走動醫療工作人員、傳染病防治、個人衛生教育方案、新生兒改善計劃、對移居人口的擴大照護，以及更嚴格的醫藥製造與銷售規定。

所以，在過去這幾年健康照護的資源——人民可獲得與負擔得起，已從「壞新聞」變成「好消息」了；如果能夠持續，對於中國不斷成長的城市人口中的老年人照護和服務，將會有顯著的正面影響。說到這裡，健康保險所提供的還只是部份保障，而不是百分之百的保障，而且大部份國民必須繼續面對自行負擔的費用，和他們所能獲得的照護品質等問題。

全面大修健康照護制度預期將帶動總體經濟紅利；中國儲蓄率過高的一

個原因，是國民對於健康，和如何在退休後支持自己生活的擔憂。在後二〇〇九年的改革之前，就像前面所提，根據報告，百分之八十的人沒有任何形式的健康保險，負擔一般性、緊急或重大健康照護唯有靠個人儲蓄，現在**因為政府資金注入，理論上個人儲蓄資金就鬆綁了，可以為其他的消費項目注入經濟活水，然後就能成為三中全會經濟改革計劃的一根重要支柱**。

年金改革

類似的，政府對於重整即將破產的退休年金制度並同時注入資金，也有功勞。當二〇一四至一五年，逐漸浮上檯面的長期性危機——大量退休潮的臨界點接近時，個人儲蓄被隱藏在「未雨綢繆」之中，因為接近百分之八十的人除了儲蓄之外，並沒有任何為退休所準備的資金。所以，大約從二〇〇八年初政府開始翻修計劃，成立一個國家級的年金管理機制，並為這個制度注入了更多的資金。

世界銀行協助設計這個計劃[56]。到二〇一一年為止，年金支出上升到人民幣一兆二千八百億，超出二〇〇六年的三倍以上[57]，結果造成六十歲以上加入年金計劃的中國人，從二〇〇九年的百分之三十，翻倍到達二〇一二年的百分之六十[58]，包括二億九千萬的城市勞動者。二〇一四年國務院進一步修訂年金制度，首度建立全國一致的制度，適用於全體「城鎮與鄉村非勞動居民」（包括移居人口）。根據官方統計到該年底為止，新的年金保險制度涵蓋全國城鎮居民的總數達五億一百零七萬人[59]。

但無論如何，就像美國的社會安全制度一樣，當嬰兒潮大量退休時，公部門的資金將不足以資助這個系統。有一份中國銀行和德意志銀行的研究估計，到二〇三三年時，資金缺口將會達十兆九千億美元，佔GDP的百分之三十八．七；而中國社會科學院的估計，則是到二〇五〇年時，資金缺口將高達一百二十八兆美元[60]。所以，**雖說年金問題似乎在短期之內有所改善，但仍然是中國未來長期財務的隱憂**。

高等教育

另外一個有關中國未來的關鍵公共財貨議題，是高等教育。記得在第二章中談到「創新」是中國未來的關鍵，並且是中國總體經濟發展策略的兩大核心因素之一。因此，高等教育是創造力和創新發明的重要孵化器，私人企業的研發部門則扮演次要的角色；然而，**高等教育卻是、而且可能將持續是，阻礙中國未來發展的關鍵因素之一。現存的問題中，有幾個層面正在困擾著中國的高等教育體系：過度官僚化，黨國體制與大學之間太過親近；以及講授主題內容的政治化，干預課程與教學方式；還有研究的文化、教職員團隊的訓練與招聘；海歸派的問題等。**

中國的大學離世界水準還很遠，並不是個祕密，只有三所大陸的大學：北京、清華、復旦，列在「泰晤士高等教育全球排名」（Times Higher Education global rankings）的前一百名。而中國的領導人盼望有一個世界級的高教體系，也不是秘密。自從一九九〇年代中期以來，曾進行過許多改革，而且也有巨額的資金流入大學部門；但到目前為止，並沒有提升太多品質。在資源集中於幾個挑選過的大學的前提之下，這個體系曾經進行多次結構性的重組，目的是為了創造教師專業的共生互利，理論上應該能激發新創能力，就像是把產業政策施於教育體系之上。

第一波的改革，是所謂的「二一一工程」，也就是在二十一世紀，建設一百所重點大學；預定第一階段的目標是「廣度」，第二階段在於「深度」。第二階段是在一九九八年五月四日，前國家主席江澤民在北京大學一百周年校慶上的演講所啟動，當時江澤民宣佈：中國「要有若干所，具有世界先進水準的一流大學」。這個計劃因為是九八年的五月啟動，所以賦予「九八五工程」的名稱。當時挑選了九所核心大學（C9），和三十所其他的優先機構，在資金與教師方面，都獲得優惠待遇。計劃的一個關鍵因素，是建立一些激勵方案，以吸引海外獲有高等學位的中國人回國，並到C9的學校任教。

海歸人士的比例，近年來雖有改善，但仍然很低。中國教育部的統計顯示，在二〇〇四年留學生畢業後回到中國，達到史上最低的百分之二十四・三之後，最近的資料則是到了二〇一一年逐步上升到百分之三十六・五[61]。這表示有百分之六十三・五至海外求學的中國學生沒有回國。也出自教育部的資料，到二〇一三至一四學年度為止，總共有四十五萬九千八百位中國學生在海外求學[62]。我們稍微花一點時間來想想這些數據：有超過兩百萬中國最優秀、最聰明的學生到海外留學，但當中大約只有略多於三分之一回國，這是**中國高等教育制度令人汗顏的兩個數字：赴國外留學人數的總和、與少得可憐的回國人數總和**。不過這其中所顯示的，並不只是中國教育制度的問題，更彰顯了中國政治體系的限制，所造成的普遍不滿意的結果；也包括非常個人的問題，譬如薪資水準、住房負擔、環境惡化，以及隱藏在前述所有因素的背後且更為重要的——在西方世界養育子女的期望。在下一章討論中國政治制度的弱點時，我們會再回到這個題目，但現在請先記住以下謎思：**如果最優秀與最聰明的人才，選擇留在海外的話，中國如何成為一個創新社會**？

不管比例如何，「二一一工程」從來不曾如原先所設想的真正起飛，因為其中很大部份要依賴地方政府資助，但地方政府的資金受到束縛，而且還有其他更優先的事務要處理。「九八五工程」雖然提供了較佳的誘因，其中幾所C9大學培育出國家級的領導人才，有三所大學進入了全球前百大的名單[63]，然而這些改革的結果，卻建立了一個多層次的系統：包括三十九所「九八五工程」學校，數十所「二一一工程」學校，以及超過二千所由地方政府或私人民辦的學校[64]。隨著這些系統的擴張，對好幾百萬從來不曾夢想過大學教育的學生而言，是比較可能獲得高等教育的機會了。在過去的二十年以來，入學率穩定成長，二〇一三年中國高等教育院校的總入學人數，為三千四百六十萬[65]；這是相當顯著的成就，沒有任何一個其他開發中國家可堪比擬並達成；但是接下來的挑戰，並非高等教育系統中的學生數量，而是這些學校的教學品質。

主要的問題是課程與教學的方法。中國大學的課程中，包括了太多必修關於馬克思主義、中國共產黨歷史的政治課程等；而且也傾向於應用，而不是基礎的研究與方法論課程。中國學生被教導的是想什麼與如何想；前者已經夠糟了，而後者才是真正的問題所在。這裡有幾個相互影響的面向：

首先，幾千年以來中國傳統式的教學方法，仍然強調對於必要知識的死背硬記和「正確的想法」；學生在課堂上和透過教科書所學到的知識，以選擇題的形式提供了所有問題和所有解答。所以能在考試中表現良好，是一種純粹的記憶過程，包括逐字背記關鍵性的共產黨教條。中國的高等教育對於批判性的思考、獨立的判斷，或者對於某種現象有多種不同解釋的可能性，並不多加鼓勵；凡事只有一個「正確的」答案，與其不同會受到懲罰；沒有假設的形成與檢驗的指導，或邏輯訓練。考試不會出問答題，所以學生的推理與獨立判斷能力無從被檢驗；學生在教室中發言、質問老師、做報告，或者以團體活動的方式來共同解決問題的機會，十分珍稀。此外，還有很多欠缺個人化的指導方式，在學習過程中，學生也無法與教授進行知性的對話。

難怪中國的高等教育機構不是創新與發明的培育溫床；也難怪許多的中國父母——包括國家最高領導人會把他們的獨生子女送到國外讀大學；更難怪

回國的百分比如此稀少。除非等到中國教育機構的教學方法完全翻修，以西方式、強調個人學習、獨立與批判性思考、基礎而不是應用性研究，以及基於假設的分析所取代，否則，中國的大學最多只會是中等、而難成一流。

再者，還有關於學術貪腐的普遍問題。主要出現在教職員之間，且與升遷的資格條件有關；雖然條件並不嚴苛，教授的升遷，並不完全看著作出版、同儕間的評比，或者原創性的差異，更常是看與同僚交往所花的時間、在中國期刊發表一些瑣碎而不是在國際性期刊經過同儕評比的文章；很多是因為個人偏好，或是賄賂了某位有資格決定職位升遷的人。這是非常腐敗的制度，有位教育專家很恰當的將此描述為一種「有毒的學術文化」[66]。

這個問題也影響了論文與學位的造假。當技術官僚掌握了政治系統時，現今中國許多官員希望在他們的履歷表上有個博士學位，而且會透過二千八百所黨校或一般大學，來製造論文。論文在中國經常都是他人代筆，抄襲的問題，隨著中國學生至海外求學而流轉；公允來說，其實來自其他國家的學生也有這個傾向，學歷造假與找人代考國外學校的入學考試，譬如說托福、ACT、SAT、GRE、GMAT、LSAT，案例普遍增加。有些中國學生因為考了高分，所以獲得入學許可，但一到美國，卻無法說、寫英文，或缺乏重要的學術能力，以致難以生存。總部在美國的「厚仁教育諮詢公司」（WholeRen Education）發現，在二〇一三與一五年之間，有八千名中國學生遭到美國的高中與大學退學。其中百分之二十三是因為抄襲或作弊，另有百分之五十七是因為學術表現不及格[67]。

以上所有的問題都會持續影響中國的高等教育系統，直到未來。改革的困難深植於社會結構、官僚體系、文化層面以及政治制度之中。在大學系統中投入資金，企圖得到「創新」，就像基礎建設一樣，只能在科學與工程方面的「研發」，得到很小的回報。

中國傳統文化對於個人主義具有偏見，也喜歡死背式的學習，同樣情況也可在共產黨教條看到。然而，**中國教育的核心問題是中國共產黨所領導的政**

治體制，在某種極端程度上，將窒息整個中國知識份子階層。除非大幅鬆綁控制系統，或者政治體制完全改變，否則，中國的大學和知識份子將永遠無法瞭解自己的龐大潛力，並晉升為世界等級。如果創造與創新對於把中國向前推進到未來如此重要，**高等教育問題將是中國經濟發展的主要障礙**。

環保與能源使用

中國的環保問題是打擊它未來的另外一個關鍵因素[68]，直白而言，中國的環境是世界上最糟的。包括水資源缺乏與汙染、威脅生命和致癌的空氣汙染、土壤荒漠化、森林濫伐、氣候變遷、無效率的能源使用，以及其他種種，直接並負面影響人類健康、經濟成長和全球暖化問題；同時也是一個潛在而多變的政治問題。

現今中國帶來了一些環保的疑慮[69]，二〇〇七年中國超越美國，成為世界最大的二氧化碳排放國；二〇〇九年中國的二氧化碳排放量，為六十三億一千九百公噸，估世界總量的百分之二十一．四[70]。依照這個比例，到了二〇二〇年，中國會吐出一百四十二億噸的溫室氣體到大氣中；中國的二氧化硫排放量也是世界最高。結果，中國的空氣汙染近乎窒息，世界前二十名汙染最嚴重的城市，中國佔了十六個；前三十名的城市，中國佔了二十個[71]；來自中國的空氣汙染與酸雨（二氧化硫和二氧化氮的結合物），也嚴重影響東邊的朝鮮半島和日本，以及南邊的香港；在中國南方的河川汙染排入湄公河後，同樣影響下游的寮國與越南。汙染也明顯並阻礙經濟成長，世界銀行估計，其代價大約是每年一千億美元，或GDP的百分之五．八。

「水汙染」是個普遍蔓延的問題，估計百分之七十的中國河川與湖泊都遭到汙染。根據中國環境保護部的報告，在二〇一〇年時，有百分之四十三．二的國家監控河流被列為第四級或更差，意指其中的水不適合人類接觸；而中國百分之七十五的湖泊被列為第五級（高度汙染）[72]。根據世界銀行的研究，估計有三億農村居民曝露在不適合飲用的水源中[73]；而另一份研究則估計有百分之九十的城市地下水遭到汙染[74]，中國自己的地質調查估計有一半的地下水遭到汙染[75]。許多河川與主要水道都發生過嚴重的鉛、汞與其他化學物質的洩漏；普遍使用化學肥料與殺蟲劑，再加上工業廢棄物與汙水排放，都是造成河流與湖泊汙染的元兇。在二〇〇五年，流經黑龍江省東北部的松花江，由於上游化學工廠爆炸，估計大約一百噸的有毒物質：苯外洩，造成下游八十公里範圍的汙染，測得高出國家標準一百零八倍的苯含量。

化學物質不僅滲入地下水的河床，也會在陸地爆炸；二〇一五年八月十七日，在天津濱海工業區發生了一起嚴重的化學品倉庫爆炸，造成一百五十人死亡、七百人受傷，和延燒周邊數公里範圍的慘劇；由三千噸危險化學品的儲存槽所引發，其中包括七百噸致命的氰化鈉。雖然天津的大災難前所未見，但是環境中的意外卻並不少見，根據中國官方的統計，光是二〇一四這一年，就有超過六萬八千人在類似事件中喪生——平均每天將近二百人[76]。

另外一個更大的威脅是中國許多地區的水資源不足，根據報告，中國最大的六百六十個城市其中三分之二，面臨水源不足的壓力；大部份的水是從含土水層中抽取地下水供給，由於已在乾涸中，而且土壤快速鹽化，所以水資源正在枯竭。這種情況在中國北部特別嚴重，有十一個省份面臨了嚴重的供水危機[77]。水資源指標正以每年百分之一．五的速度下降，世界銀行的報告說，中國平均每人每年可用水只有一千八百五十立方公尺，還不到世界總平均的四分之一[78]。

陸地方面也在降等，高達百分之九十的中國草原正遭受侵蝕，中國有三分之一土地正在沙漠化；森林資源持續耗盡，更惡化了臭氧層破壞的速度；更有甚者，中國的溼地據報已經減少了百分之六十[79]。

青康藏高原的冰河融解，又是另外一個嚴重的問題。喜馬拉雅山的冰河正以相當快的速度融解，已經縮小了大約百分之二十一。這個發展趨勢具有深刻和危險意涵，由於興都庫什—喜馬拉雅山脈的冰河流注亞洲的七條大河：黃河、長江、湄公河、薩爾溫江、印度河、恆河，與雅魯藏布江（布拉馬普特拉河），影響印度次大陸、緬甸、中南半島，以及中國東部；在亞洲需要呼籲國際性合作的跨國環保議題，非此莫屬[80]。

中國已經主動採取了一些監管措施，自從一九七九年通過《環境保護法》之後，陸續通過了超過四十個環保相關的法律，以及大量的政府監管規章[81]。二〇一三年的三中全會上，李克強總理揭示「對汙染宣戰」，政府開始了一系列的反汙染作法。二〇一四年五月，國務院發出一份《大氣汙染防治行動計畫實施情況考核辦法》的通知，規定將各級幹部的工作表現考核，與是否達成降低空氣汙染的目標連結。類似的，在二〇一四年四月，全國人民代表大會常務委員會通過《環境保護法》修正：如果在個別轄區發生「嚴重的環境事件」，或被發現有意隱藏、掩蓋這類環境事件的任何相關訊息，依法將追究地方政府官員的責任。

以山東為首的幾個省份，採行了PM2.5的空氣汙染監測機制；由天津領銜的幾個大都會區，對超過正常標準的工廠提高徵收「汙染物排汙費」；河北省也關閉或遷走了幾座過時的鋼鐵、水泥和燃煤工廠；環境部也發佈一些錫、銻、汞及其他化學物質，分解到土地或水源系統中的排放標準。這些都是令人振奮而重要的新作法；但**問題是，中國從未欠缺過環保相關措施，關鍵在於執行與落實**。

政府與私人工業則採取了更廣泛的新措施，以減低排放，並把經濟活動轉換至增加使用替代性再生能源[82]。二〇〇九年九月在聯合國的氣候變遷高峰會議中，前主席胡錦濤宣佈了一系列的新作法，包括在二〇二〇年之前，降低二氧化碳排放量到十五億公噸，碳排強度將比二〇〇五年下降百分之十七，並擴大四千萬公頃的森林面積；而到二〇二〇年以前，在原生（初級）能源消耗上，增加大約百分之十五的非化石燃料（煤、石油、天然氣）[83]。二〇一四年十一月，習近平在與美國總統歐巴馬的高峰會議中，進一步加大了中國對於二氧化碳排放量的承諾，同意中國「會在二〇三〇年左右達到峰值」，而美國是承諾在二〇〇七年達到峰值。

為了滿足能源的需求，中國正興建二十七座核能電廠，其中十三座已在營運，這對於要達到在二〇二〇年，滿足百分之八十五預期電力需求的增加，還有很長的路要走。同樣地，新的建築物應該要達到更高的節能標準；政府也為煤礦廠設立更高的能源效率標準，關閉了許多每年產值不到三萬噸的老舊工廠與礦坑；也試圖禁止人們在冬天燃燒含有瀝青的「煙煤」取暖。同時也大力推廣生質燃料，中國現在是世界上第三大的乙醇製造者。中國的太陽能工業也在成長中，在二〇〇七年時，成為世界上最大的「光伏電池」（photovoltaic cells）製造者。在二〇〇九年，中國成為世界最頂尖的風力渦輪發電機製造者，現在則是世界上第五大的風力發電消費者[84]。總而言之，在二〇一五與二〇三〇年之間，中國誓言將在改善能源效率、非化石燃料，與低碳科技方面，投入六兆四千億美元，約四十兆人民幣[85]。

雖有這些令人印象深刻、而且前所未見，企圖達成能源有效利用和環境安全的綠色承諾，但中國的能源使用，並不意味著未來就是好的。中國對能源彷佛永不饜足，每年和每十年都持續成長。中國在二〇一〇年成為世界上最大的總能源消耗國，佔過去十年世界總能源消耗成長量的一半。推動中國能源需求的是重工業，特別是鋼鐵、水泥與鋁，超過總能源需求的三分之二；在這些生產領域，中國都是世界領先的製造者。不過對於天然資源的輸入需求，在經濟緊縮時必定會放緩，而且已經在放緩了。二〇一五年中國的工業下滑，鐵礦與其他原料的進口也明顯減少[86]。

中國雖盡最大努力開發國內資源，但對於國外供應來源的依賴卻不斷地增加。一九九三年中國跨過臨界點，成為石油淨輸入國，現在則是世界第一大。自從二〇〇二年以來，中國的石油消耗每年成長百分之八[87]。國際能源署（the International Energy Agency, IEA）預估到二〇三〇年時，中國的石油需求會增加到每日一千六百六十萬桶，而進口則會達到每日一千二百五十萬桶[88]。**在能源需求比例持續成長的情況下，中國的能源使用將繼續對境內與境外的環境造成傷害**。

中國社會的未來路線

所有這些公共財貨：健康照護、年金、教育、環保、能源，對於中國的下一個十年、二十年甚至往後，重要性與日俱增。近年，對於健康照護與年金改革，後續情勢看好；但在高等教育、能源與環保方面，卻有著重大隱憂。

中國社會未來的可能路線，與其本身同樣複雜。大體而言，我認為**政治的變數將決定能否有效管理這些社會的變化，然後倒過頭來決定經濟發展**。如果政治上不能明顯鬆綁或自由化，也就無法有效處理或解決任何一項我們在前兩章中所確認、並討論過的社會與經濟挑戰。

硬威權主義與新極權主義——難以贏得民心

如同面對經濟挑戰，維持現有的政府與黨的政策（強硬的威權主義），是進一步讓社會動盪不安的好辦法；也如同討論經濟方面的問題，缺乏政治鬆綁和自由化，只會使既有的多重社會問題惡化。如果依然頑固持續高壓政策，中國的社會將增加而不會減少其不穩定性。企圖回歸新極權主義政策，也只會為社會本身，以及國家與社會之間的關係，平添更多壓力。

當我描述「動盪不安的周邊地區」時，當然也是。如果，北京沒有來個一百八十度的政策改變，也許有一天西藏或新疆將爆發大範圍的劇變，與漢族和中國共產黨的統治對抗；不過，現在就算想改變可能也已經太晚，因為傷痕太深了，西藏與新疆充滿了敵意與不滿；雖說香港的問題不同，沒有如疆藏那麼尖銳，但不滿依舊存在；對於與大陸關係的增進和依賴，台灣方面的反感也與日俱增。**如果北京認為可以用嚴厲的打壓和頑強的政策，來對抗所有四個地區人民的意願，那就完全錯了。打壓，不是贏得周邊地區民心的辦法**。

對於公民社會也有類似的情況，自從二〇〇九年以來，執政當局轉而採取強硬的壓制作法；然而安全部門與黨國體制要出手控制，相對更加困難。社群媒體的全面散播，最終會超過政府所能控制的範圍；網路雖然在政府的掌控之下，到最後可能會超越封鎖，或甚至發展出新的方法來翻越「防火長城」（Great Firewall）。但比這些戰術因素更重要的是，**中國漸增的公民意**

識已經習慣於他們新體驗到的相對自由，所以很可能拒絕回到過去的極權中國。以我個人的意見，當局正在玩火，特別是針對中產階級，用鎮壓的方式將種下更多的憎恨火苗，最後會把整個政治系統帶到更脆弱、甚至引爆突破點。

軟威權主義或半民主——有效應對社會變遷

只有比較開放與寬容的軟威權主義，或是大膽朝向半民主式政治體制轉變，才能有效解決中國的多重社會問題。

談到公共財貨，就涉及維持現況以及關於教育與環保的既有政策，將受限於政治因素。高等教育需要全面翻修並以自由模式的教學為基礎；但倒過來，會要求政治體制明確朝向自由化。即使在一九九八到二〇〇八年期間（見第四章）所追求的政治自由化，還不足以影響在教室中所需要的課程與教學方法的改變。同樣的，今天中國的環境災難直接與政府所促成的經濟模式有關——經濟持續成長至可能達到的最高水準，以贏得民眾支持政治體制的內在需要，否則黨國體制只能依靠高漲的民族主義維持其正當性。所以，我認為高等教育與環保這兩個社會問題，也直接與政治連結。當討論到另外兩個公共財貨的問題：健康照護與年金，我認為也是等著爆炸的定時炸彈；除非政府基於政績，主動實施重要的改革新措施，花費數兆的財力改造並資助每個社會領域。如果這些都無法實施，定時炸彈就會開始倒數計時。

本章所討論到的其他主要社會問題：社會階層化與城鎮化，本質上也是政治經濟（political economy）問題。前者是過去政府政策所造的結果，後者則是沒有先例可循的持續性政策。我們發現，政府對於兩者所採行的步驟都只是減緩壓力——首先是改革戶口制度，以及在都市中提供適當的住房與健康照護，也包括所得的移轉，以縮小（或補貼）所得差距。這些都是正面的做法，但時間會告訴我們，對於整體問題的解決，力道是否足夠。

我們也發現，黨國體制無法控制某些社會變數，特別是社會老化與已經發生的退休浪潮，因為這是自然和長期的趨勢，政府對此無計可施，但不同層級的當權者應該都感受到這個結果。資助與重新建構健康照護與年金制度的新措施，就是回應正在發生的人口結構改變所造成的直接結果。這是頭一遭，政府預見到問題而且在為時未晚之前，採取相應行動的案例。

持平而言，如果沒有軟威權主義或半民主的政治自由化，中國社會將只會變得更不穩定並更難以預測。在某個時點，有些我們所發現的因素將突然「喀」的一聲，應聲而裂；一旦出事，由於根深蒂固、跨社會存在的不滿，就很可能會引發平行式的漣漪效果，牽動整個國家。到目前為止每當抗議爆發時，當局還能夠控制並包容其中的「社會癥結點」（nodes），但並不能確保未來平安無事。我們要記得，中國的社會有每二十五至三十年爆發一次大規模巨變的歷史傾向；如今，時間已經超過了。

在另一方面，如果採取政治改革，就可以緩解許多社會壓力並穩定國家，為執政當局爭取更長的掌權效期。現在，且讓我們轉到評估中國未來政體的章節去吧！

‧第四章‧

政體：「放收循環」無法根治黨國體制的弊病

除了蔣經國時代的台灣，列寧式黨國體制從未有長期調適而成功的案例，但目前的領導人願意進行這樣的政治豪賭嗎？

按照中國的黨政體制，該如何有效管理前面兩章所指出的經濟與社會挑戰？我想，大部份都將取決於中國的政治體制；換言之，**中國的未來，大部份要看執政的中國共產黨，對於許多會影響政治、經濟和社會層面的因素，採取放鬆、抓緊，還是維持黨的控制**。瞭解這些未來的變數，瞭解今天的政治情勢，瞭解如何演變到今天，非常重要；我將在本章討論。事實上中國目前的「硬威權主義」政治現況，從二〇〇九年就已存在至今。

「放收循環」——中國的政治演化

依我的觀點，中國的政治傾向在過去三十年，總共歷經五個主要的時期。如圖表4.1所示。

在這三十年當中，有一個明顯政治收放的波動型態，就是研究中國問題的學者都知道的「放收循環」（fang-shou cycle）；這種反覆無常的型態，所透露出來的是在中國共產黨與其領導人當中，有兩個相互爭論的學派：有些人贊成由黨所管控的適度政治自由化；有些人則堅決反對，並尋求維持對社會作多方面的高壓式控制。我們把這兩派人士稱為「政治改革者」與「保守勢力」。

「政治改革者」傾向擁護透過廣泛評估之後的經濟改革，而且相信對於促進經濟與社會發展，必須鬆綁政治；「保守勢力」則不相信社會經濟改革必須伴隨政治改革。後者對於經濟究竟在什麼程度上要被「市場化」，想法也很衝突，某些人贊成有管制的市場化，其他人卻擁護國家要對經濟扮演更強大的角色。

這種根本上的分裂已存在超過三十年的時間，而且證據確鑿。研究列寧式單一政黨體制

期間	政治傾向
1985-1989	自由的新威權主義（Liberal Neo-Authoritarianism）
1989-1992	新極權主義（Neo-Totalitarianism）
1993-1997	硬威權主義（Hard Authoritarianism）
1998-2008	軟威權主義（Soft Authoritarianism）
2009-2015	硬威權主義（Hard Authoritarianism）

圖表 4.1　一九八五～二〇一五年中國的政治傾向

的學者們把這兩種傾向的人，稱作「意見群組」（opinion groups）[1]。長達一個世紀，共產黨的黨國體制發展歷史所顯示的是：可能除了北韓與史達林時期的蘇聯勢力之外，這些政治體制並不是單一完整核心；在黨與知識階層當中，經常發生強硬的爭辯。檢驗這些黨內的爭辯，就是大家所熟知的「路線分析」（tendency analysis）。所謂的「利益團體」[2]，也就環繞著階級合作的利益、經濟的利益與機構的利益而形成了[3]。

在赫魯雪夫（Nikita Khrushchev）時代的蘇聯（一九五三～一九六四），就曾經對包括中國共產黨在內的所有共產黨國體制，鼓吹過政治改革與開放；但某段期間的鼓吹聲浪升高時，就會遭到黨內保守派的反對，而且通常被打回票。於是因為擔心受到懲罰，改革派便退回暫緩型態並保持沉默；然而不管怎樣，改革派希望自由的呼籲，持續滲透到黨與社會的內部，等待某位新的黨領導人釋放「政治試驗」將再度風行的訊號。

大體而言，這也是一九七八年後的改革時期中國共產黨內部的循環模式。可以肯定的是，連政治改革派都認為要維持一黨專政和政治主導權，但他們認為，如果黨更開放、更寬容，共產黨的運作就更健全也能得到更多的社會支持。保守派則認為這是對「無產階級專政」的基本威脅，嚴重關乎共產黨的存亡，保守派更想壯大共產黨的力量，但認為重點在於控制而不是放鬆。

當追求自由的「百花齊放運動」（Hundred Flowers）引發了打壓式的「反右運動」（Anti-Rightist），以及「大躍進」（the Great Leap Forward）所導致的大規模遷徙時，這些基於不同觀點的緊繃對立情勢，是自一九五〇年以來造成中國政治動盪不安的核心。在那個嚴峻的時代，超過四千萬人死亡、成千上萬人被貼上「右派份子」的標籤。當鄧小平與其他改革派掌控政局，而毛澤東從積極的角色中退出時，便為一九六二到六五年的三年緩和情勢，鋪好了道路。他們開啟一連串廣泛的改革，也就是後一九七八年改革的前身，對知識份子放鬆控制，一直到毛澤東的勢力回歸之後。毛澤東對於鄧小平的自由改革，採取猛烈和暴力式的反擊，譴責他們為「修正主義份子」（revisionist），並且發動長達十年災難式的「偉大的無產階級文化大革命」。這十年當中，在一九六九年軍隊介入重建秩序以前，中國先是在無政府與內戰狀態中震盪；之後，整個國家陷入毛澤東和四人幫的另一輪極權主義的專制統治。在毛澤東於一九七六年去世之後，中國經歷了一個為期六年的「華國鋒空窗期」（Hua Guofeng Interregnum），華國鋒是毛澤東的指定接班人；這段期間，雖有華國鋒、鄧小平及其他回來重掌權力的資深領導人之間的派系操作，但也在一九七八年推動密集的改革。

自由的新威權主義——鄧小平推動改革開放

當時的改革，包括重建文化大革命期間嚴重破壞的政治制度，鄧小平在一九八〇年的《黨和國家領導制度的改革》演說中，將政治改革納入國家計劃[4]。這個演說，揭示出鄧小平的最優先順序指標，就是強化黨國體制的「機構」。鄧小平也知道，需要改變政治體制中既存的規範性與程序性問題，於是他開始透過幾種作法來開放體制。當時我還是在中國求學的學生，親眼目睹了在「鄧式改革」的最初幾年中，整個國家從社會主義的長眠與文化大革命的夢釐中甦醒。但是，我也看到了一九八四年的「清除精神汙染運動」和一九八七年的「反對資產階級自由化運動」中的保守勢力反撲。

首先，鄧小平尋求的是知識階層的支持，並希望他們參與經濟改革過程；雖然，在大部份的毛澤東時期，這些知識階層遭受嚴酷打壓。但鄧小平知道，如果沒有這些曾經被打壓的科學家們與技術人員的幫忙，中國沒有可能邁向現代化；至於人文學者與社會學家在失去生命中最具生產力的二十二年之後，也在一九七九年的判決中移除了他們的右派份子標籤，不再被冠上汙名並允許他們回到工作崗位。

其次，鄧小平建立了一個比較「諮詢式」的決策模式，負責主導的官員可以從新成立的研究機構「智庫」（think tanks）所提供的建議範圍中，去作施政選擇。決策方式不再像毛澤東時代以獨裁式的命令行之，鄧小平認為就是如此才造成中國的落後，與文化大革命期間的混亂。從今以後，政策的決定應該遵循——鄧小平令人懷念的說法：「實事求是」。

之後的改革，把共產中國的政治改革直接引到了全盛時期；一九八〇年代中後期，鄧小平以家父長式的領導，放手讓他的門徒胡耀邦和趙紫陽去探索「政治體制改革」（political structure reform）的通行證，激發了廣泛的政治試驗，包括「黨政分離」的政策。一九八六年由學生所發起的一系列「爭民主」示威活動，被保守派強硬路線人士，歸罪於胡耀邦的自由主義；胡耀邦成為代罪羔羊，從中國共產黨總書記的位子上拔除之後，趙紫陽取而代之成為黨總書記，繼續推動更多的政治變革。

趙紫陽發自內心要推動徹底改革，他採用幾位傾心於「新威權主義」（neo-authoritarianism）理論學者的建議，比照當時新加坡與其他東南亞國家極為盛行的政治模式。他們相信，新加坡模式非常適合在中國複製，有助於促成廣泛的改革與開放政策。於是，鄧小平開始派出研究團隊到新加坡，考察這個城市國家如何運作。根據學者布魯斯•基利（Bruce Gilley）所描述：新加坡執政的「人民行動黨」（People’s Action Party）可作為仿效的對象，因為它是一個擁護市場經濟，可以容忍象徵性反對聲音的執政黨，並透過「順從的」法院所推行的官方命令來治理[7]。當還在試驗新加坡模式中的某些元素時，趙紫陽與他的同僚卻從不曾有過完整的機會，去實踐他們的政治遠見了；一九八九年四月與五月間，爆發了在天安門廣場以及橫跨整個中國的「爭民主」示威運動。後來，在一九八九年六月四日，北京的示威遭到血腥鎮壓，趙紫陽認錯贖罪，終其餘生在家軟禁，一直到二〇〇五年過世。一九八九年的事件，也扼殺了中國傾向自由化的政治改革。

新極權主義——後天安門時期

鎮壓之後接手的，是從一九八九年持續到九二年回復到極權的嚴酷治理；許多在毛澤東時代被認為是專制特徵的打壓方式都再度重現。在北京，採強硬路線的史達林式領導者掌握了權力工具，並且由軍隊確保橫跨整個國家的管制。

不過，在一九九二年底情況開始改變，殘酷的管控開始鬆動，催化劑則是鄧小平最後的政治動作——所謂的「南巡」（southern sojourn）。一九九二年二月，鄧小平對於缺乏經濟改革與後天安門事件領導的專橫治理，感到不安。所以他作了一次到南方廣東省的旅行；雖然他當時已從公職退休，而且身體相當虛弱，但鄧小平批判了左翼的政治，並主張重啟經濟改革。鄧小平的努力奏效，而且始於該年秋天的第十四次全國代表大會，一個新的領導團隊掌權，逐步回到改革計劃並立即開始經濟改革；然後，從一九九八年起進行政治改革。

強硬的威權主義——江澤民、胡錦濤體制

第十四次全國代表大會在一九九二年十月召開，確認江澤民成為鄧小平的完全接班人。江澤民是個有名無實的領導人，還需要幾年的時間才能鞏固自己的領導基礎。在大會的某個夜晚，幾位資深的強硬路線者在鄧小平的命令之下，強迫退休，其中包括他終生的戰友、也是當時中華人民共和國的國家主席楊尚昆將軍。這是胡錦濤第一次進入中央政治局常務委員會，也是鄧小平安排他在二〇一二年接班的長期計劃的最後布局之一。胡錦濤是一位年輕的職業黨

工，曾服務於黨的青年團與中國西部的省份，他是由宋平與其他資深黨員推薦給鄧小平。但是其他的常務委員會成員，因為天安門事件而對未來抱持非常保守的看法，其中包括李鵬總理、國家安全頭子喬石，以及軍方的首腦劉華清。

接下來，雖然鄧小平已經成功略為挪動領導班子的平衡，以便再次展開後來讓GDP連續四年雙位數成長的經濟改革，但當時的政治氣氛依然十分嚴峻且粗暴壓抑。江澤民的權力尚待整合，中國領導人仍然處於黨本身瀕死經驗的創傷之中，而且又剛好目睹了蘇聯與東歐共產黨國家黨國體制的瓦解；所以他們一直都相信，如果在一九八九年時沒有採取有效行動，中國共產黨也會走向相同的結果。

政治改革是這些領導人心目中最遙遠的東西，事實上，他們特別抱怨戈巴契夫（Mikhail Gorbachev）的政治改革，以及西方努力推動的顛覆性「和平演變」（peaceful evolution），使得蘇聯和蘇維埃共產黨的統治陷入崩潰之中；這也是他們解讀執政當局在一九八九到九一年間，內部發生分裂的最原始共識。但是隨著時間過往，中國共產黨開始對蘇聯崩潰的原因，作了極為詳盡的系列評估之後，出現另外一種更微妙、與基本不同的說法與解釋。由於評估結果改變，領導者們處理改革的方式也跟著改變了。

軟威權主義與由上至下透過管理的政治改革

詳細評估蘇聯與東歐國家遭到推翻的來龍去脈，對於瞭解中國從一九八九年後到現在的政治改革，至關重要。這也是一個重要的借鏡，中國共產黨可透過它看到後蘇聯時期的喬治亞（Georgia，二〇〇三年）、烏克蘭（Ukraine，二〇〇五年）、吉爾吉斯（Kyrgyzstan，二〇〇五年），與摩爾多瓦（Moldova，二〇〇九年）隨後發生的「顏色革命」；緬甸也在二〇〇七年經歷了一次由僧侶所發動的反軍政府示威，就是所謂的「藏紅色革命」（Saffron revolution，又稱番紅花革命），導致軍隊統治鬆綁，和這個國家最初的民主改革。之後，從二〇一〇年十二月到二〇一一年一月，突尼西亞展開「茉莉花革命」（Jasmine revolution），又蔓延到北非的埃及與利比亞，而引發了跨越中東地區的政治動盪。在更近期，馬來西亞與黎巴嫩也有過類似的群眾政治抗議。

所有這些全球性的事件，讓中國共產黨的領導人們深深感到憂慮和精神上的創傷。自從一九八九年以來，他們一直活在從內部被推翻或遭外部顛覆的焦慮妄想之中，造成領導團隊的日常危機意識，並運用宣傳、提醒各階層的成員，黨所面臨的是「生死存亡的威脅」，必須經常對「西方敵對勢力」保持高度警覺。舉例來說，在二〇一三年中國共產黨中央委員會辦公廳發行第九號文件《關於當前意識形態領域情況的通報》[8]。這份嚴峻的指示，特別警告所有黨的委員會與全國黨員，要捍衛與對抗七個特定的「錯誤思潮和主張」（**false ideological trends**）：

一、宣揚西方憲政民主，企圖否定黨的領導，否定中國特色社會主義政治制度；

二、宣揚「普世價值」，企圖動搖黨執政的思想理論基礎；

三、宣揚公民社會，企圖瓦解黨執政的社會基礎；

四、宣揚新自由主義，企圖改變我國基本經濟制度；
五、宣揚西方新聞觀，挑戰我國黨管媒體原則和新聞出版管理制度；
六、宣揚歷史虛無主義，企圖否定中國共產黨歷史與新中國歷史；
七、質疑改革開放，質疑具有中國特色社會主義的社會主義性質。

於是，第九號文件作了悲觀的結論：「意識形態領域滲透與反滲透形勢依然嚴峻，只要我們堅持中國共產黨領導、堅持中國特色社會主義，西方反華勢力對我們施壓促變的立場就不會改變，就會把西方分化和「顏色革命」的矛頭始終對準我國。對此，我們絕不能放鬆警惕，更不能掉以輕心[9]。」

若要瞭解中國共產黨領導人過去二十五年在政治方面各種舉措的來龍去脈，就一定要從根本上理解，他們對內部反對與外部壓力的這種雙重而真實的憂心。雖然隱憂一直存在，但黨的內部評估從一九八九年到二〇〇四年間，卻有所改變。當時，曾有一個官方的結論，在十六大四中全會中發表。我在前一本書《中國共產黨：收縮與調適》中，詳細分析了這段改變[10]。精確地說，中國共產黨的內部有兩股對立的分析路線。

第一股來自保守份子，他們相信最早期的戈巴契夫式自由改革，是與西方顛覆性「和平演變」策略相連結，可直接讓蘇聯陷於崩潰，然後在別處收割「反革命」的果實。他們所作的結論大概是：東德、波蘭與捷克的執政當局對抗議者妥協，所以直接造成政權瓦解，如果像北京在一九八九年那樣使用武力鎮壓的話，他們可能還維持統治。在一九八九年十二月，羅馬尼亞的西奧塞古（Ceausescu）執政當局決定對蒂米什瓦拉（Timisoara）使用武力時，軍隊與國家安全局分裂，並背棄執政當局，結果造成尼古拉・西奧塞古（Nicolae Ceausescu）被推翻，並與他的妻子埃列娜（Elena）在耶誕夜同遭處死。我們現在也知道，一九八九年十月九日在萊比錫發生同樣的事件，為東德執政當局發出末日訊號，當時共產黨的領導團隊選擇了「中國式」解決之道；當天晚上，國家安全部（Stasi）的部隊雖然採取武裝並獲准使用致命武器，但面對著遠比預期更多的大量抗議民眾時，他們猶豫了。與北京當局召喚軍隊入城不同，東德的國家安全部隊並沒有採取大規模致命鎮壓的裝備與心理準備。

從這些事件中，中國共產黨的保守派得到了三個主要結論：

一、不要在黨或政府內部從事原發性的自由改革，要維持黨政體制絕對的主導與堅定的控制權力。

二、預判來自西方（特別是美國）不曾鬆懈的努力，打算從內部破壞或者顛覆執政當局，也就是所謂的「和平演變」政策——和平地將共黨體制演變為民主制度。更需特別注意的是，要高度警戒公民社會與宗教主導份子的發展，他們對於黨的權力具有破壞性，而且他們會得到西方政府、情報部門，與非政府組織的支持。

三、強化與維持黨對國家安全單位與軍隊的絕對控制，並堅決反對將他們「國家化」的危險企圖。

這些都曾經是、而且仍然是中國共產黨內部保守派所學到的核心教訓。此外他們還認定，經濟成長與融入國際體系才能保證未來生存，這兩者都是蘇聯與東歐政體所欠缺的。保守派在一九八九年與九八年之間，採行了一些具有這種共識的措施。

但是隨著時間過往，第二種分析路線出現在中國共產黨內部，讓第二股力量得以成長——倡導積極主動並有效管理的政治改革。在一九九〇年代中期，中國共產黨的分析家們開始更深入挖掘蘇聯及其他東歐個案瓦解的肇因；經過研究之後發現，保守派所提出的那些簡單又輕巧的解釋，並不是故事的全部。儘管他們認同保守派關於在關鍵時刻切割安全機構，造成了執政當局最終解體的看法；也贊同經濟成長以及融入世界秩序的重要性，可以協助執政當局永續掌握權力；而且他們更清楚西方「和平演變」的努力。不過，政治改革派與保守派的分歧在於，對戈巴契夫的政治開放政策（glasnost）與經濟改革（perestroika）的看法；改革派並不完全同意戈巴契夫所有的政策，但他們的結論是：蘇聯的黨政體制極度需要改造。改革派認為，蘇聯瓦解的原因，本質上與黨機器長達十年的萎縮有關[12]。根據他們修正過的觀點，蘇聯在史達林時期的一九三〇年代就已經開始衰退了，除了赫魯雪夫從一九五六年到六四年的改革以外，蘇聯經歷了長達六十年無法阻擋的衰退，在這期間，黨國體制僵化、守舊、頭重腳輕、菁英化、過度官僚化及腐敗；而冷戰期間的國家經濟過度投注在軍事上；莫斯科的外交政策又充滿冒險主義、修正主義、沙文主義、霸權主義甚至是「社會帝國主義」。

他們分析的主要論點是，當戈巴契夫掌握權力並開始執行改革時，經濟與政治體系已經破壞得太嚴重，以致無法承受震撼療法。確定的是，改革派並沒有同意戈巴契夫所有的改革，但得到了一個原則性的結論：如果執政的共產黨要存活，就必須主動而積極。原地「停滯」將會僵化、萎縮、墮落，最終導致瓦解。這些中國的分析家們確實感受到了許多對東歐黨政體制造成結構性危機的類似歷程。此外還有個重要的事實：中國共產黨並不是本土原生的革命產物，他們的政權來自外來的蘇維埃革命運動。

所以在一九八九年後的十年，中國共產黨的內部演化成兩種不同的支持群體：贊成由上至下透過有效管理的政治開放，以及反對的一派。保守派大約盛行到一九九七年，在第十五次全國代表大會時，領導班子的平衡開始移動了[13]。十五大之後，李鵬——被唾罵的總理和天安門屠殺事件的公敵，終於下台，在全國人民代表大會中被賦予一個象徵性的職位。總理一職由充滿活力、果斷、能完成使命的朱鎔基所取代，朱鎔基立刻採取行動，並展開了對國家經濟結構進行系統性翻修的五年。胡錦濤在政治局常務委員會的位階也再度提升，其餘的天安門強硬路線派一一退休，資深領導人重新洗牌。就在這個領導班子更替之時，江澤民在他對全代會的整篇演說中，投入政治體制改革的元素，宣稱：「政治體制改革要繼續深入[14]」。政治改革者先是精巧送出重申他們主張的訊號，隨後便展開了由上開始的有效管理政治改革的十年努力。

這段始於江澤民任期的最後四年、並持續到胡錦濤的前六年任期當中，政治改革者們悄悄地、但穩定地試驗著，在幾個領域中放鬆各種政治管控。這十年中，黨作出了以下的舉動：

一、實驗黨秘書長的多候選人選舉，也將其擴大至地方政府官員的全國性多候選人選舉；

二、延攬更多商界人士與知識份子入黨，這是江澤民的「三個代表」理論；
三、擴張黨的諮詢機構至不屬於黨的團體─所謂的「協商民主」與「多黨合作」；
四、增加政治局議程的透明度；
五、改善黨內的討論與反饋機制，推動所謂的「黨內民主」；
六、常態化「中國共產黨」與「中國人民政治協商會議（政協）」之間的諮商；
七、重建黨的地方組織與委員會；
八、對於所有黨員的考核與升遷，採用由中國共產黨中央組織部與國務院人事部所提出、更具有菁英管理性質的標準；
九、為所有的四千五百萬政府與黨工作人員，建立在職期間的強制性訓練制度（每三年中有三個月）；
十、強制實施退休與退休待遇的上限；
十一、對官員與軍官實施定期輪調；

十二、放鬆對政府與私人媒體的控制；
十三、對於知識份子的創新與多元意見，賦予更大的範圍和許可；
十四、允許包括國內與國際性的非政府組織在內的公民社會蓬勃發展；
十五、在高等教育體系中，引進更多的國外觀念。

透過這些改革的措施，黨的領導人清楚地逐步由上增加對於政治系統的自由化與鬆綁，卻不能在過程中失去控制。這種經由有效管理的成長，直接源自於政治改革者對於先前其他共產黨國體制瓦解原因的不同解讀。他們相信，「主動改變」是唯一可以避免導致舊有執政當局陷入停滯的方法。這種觀點在中國共產黨內部盛行到二〇〇九年為止，而且被許多外國的中國問題專家們稱之為「有彈性的威權」，或「調適」範例[15]。

一直到大約二〇〇九年初，江澤民的最後一年、和胡錦濤的最初幾年，政治改革派佔有優勢；除了江澤民與胡錦濤都有此共識外，另外一位資深領導人曾慶紅也同樣認同。

依我的觀點，曾慶紅是政治改革派背後的主要操盤者[16]。他是從上海跟隨江澤民而來的最親密戰友，所謂的「上海幫」成員之一。當曾慶紅在中央時，就迅速隨著權力與影響力的擴張而建立了自己的基礎，擔任握有大權的黨中央書記處主席的職位，在達到職涯頂點成為中華人民共和國國家副主席之前，都持續執掌中國共產黨的組織部和中央黨校。在這段時間中，曾慶紅是政治局常務委員會的資深成員，也是江澤民的左右手。

曾慶紅是眾所周知的精明內部操盤手，而且對江澤民極為效忠。不過，他對於政治與共產黨的角色，也表達出相對進步的看法。在二〇〇四年第十六屆中央委員會的第四次全體會議中，黨發出了一份重要的《中共中央關於加強黨的執政能力建設的決定》時，清楚顯示：是由黨的領導人胡錦濤，要求曾慶紅負責《決定》內容的起草委員會。這份文件是中國共產黨對於前蘇聯瓦解原因的多年評估總結，及其對於中國共產黨的啟示意涵。就如《決定》中所標示：「我們必須居安思危，增強憂患意識，深刻汲取世界上一些執政黨興衰成敗的經驗教訓……必須大力加強執政能力建設。這是關係中國社會主義事業興衰成敗、關係中華民族前途命運、關係黨的生死存亡和國家長治久安的重大戰略課題[17]」。

曾慶紅也在大會的閉幕式作了演講，對這份文件加以闡釋，並綜整了蘇聯崩潰的教訓，認定是個由上至下、透過管理的政治改革藍圖與指令[18]。曾慶紅認為，蘇聯的瓦解要歸咎於停滯不前，僵化又無法跟上潮流、與時俱進的政黨終將垂死，而且失去了群眾基礎，直到最終垮台。

「當年的蘇共是一個擁有八十八年歷史、一千五百萬名黨員的大黨，卻被解散。蘇聯、東歐國家的共產黨喪失執政地位，儘管有多方面的原因，但很重要的一條是在長期執政條件下，執政體制僵化，執政能力衰退，執政成績不能令人民滿意，嚴重脫離了人民群眾[19]」。當曾慶紅在二〇〇四年作這個演講時，事實上已是進入執行他的政治改革計劃的第六年；這個計劃後來繼續執行了四年，一直到二〇〇九年的下半，黨急劇偏離了核心[20]。曾慶紅於二〇〇八年全國人民代表大會之後正式退休的事實，意味著從此政治改革缺乏主要的幕後策劃，與最高層級的支持者。

曾慶紅退休之後，剩下溫家寶總理是唯一贊成政治改革的資深領導人。溫家寶在二〇一二年退休前的最後幾年中，作了幾場演講與訪問，呼籲進一步的政治改革與開放。在二〇一〇年與美國有線新聞台（CNN）所作的一次並沒有在中國播出的訪談中，溫家寶說：「我認為我和所有中國人都同意中國會繼續進步。人們對民主和自由的渴望是不可阻擋的。我希望你能看到中國正在持續地進步。儘管存在各種各樣的阻撓，我仍然要堅定不移在我能力範圍內，貫徹我的理念，加快政治改革的步伐[21]」。兩年之後，溫家寶將政治改革描述為一種「緊迫的任務[22]」。在二〇一二年全國代表大會的告別之作中，溫家寶再次認為，政治改革是直接而必需的，以免「文化大革命這樣的歷史悲劇還有可能重新發生」[23]。溫家寶勇敢的聲音，是二〇〇九到二〇一二年之間的資深領導當中，最孤獨的一個。在他退休之後，就不再有最高層級的改革派支持者；而仍在黨國體制或社會中的人士則因為害怕遭懲罰，選擇保持沉默。

回到強硬的威權主義——習近平時代來臨

我們很難找到一個確切的日期，但中國共產黨的領導人的確是在二〇〇九年的一整年當中，採取了緊縮並回復到保守主義的作法，完全放棄前面所描述的政治改革計劃，除了任期限制、退休規則，以及黨員在職期間的訓練等例外。雖然當局不曾正式宣佈，但毫無疑問，整體氣氛在該年的後半年轉向。當時我住在北京，正在七年一度的休假期間，親眼目睹了改變。

儘管，中國共產黨在二〇〇九年四月的四中全會中簽署了另外一份非常進步的決定，但那只是一份流產的文件，它的內容已經被實際的行動所取代，而且在決定公告之前，就無疾而終了。該份文件重申了前十年中的許多政治改革，並且建議應該繼續曾慶紅的政治改革，但事與願違。從我當時與黨員的討論中，可看出那份文件已經過長達一年的準備，起草了無數次，而且被認為是一份對於過去十年政治領域改革的綜合敘述。中國官方的文件，常常都是透過這樣的方式，綜整政治上已經作成的決定，而不是宣佈一個新作法。此外，傳統上在四中全會都要討論政治議題，所以當局必須要找到一個題目，並準備一份總結式的宣言。雖然，這份文件最終還是被放棄了，但如果領導團隊的組成與傾向再次改變的話，那麼這份決定，就會像二〇〇四年四中全會所發表的，很有可能成為黨「回復」政治改革計劃的一個基礎。

在二〇〇八到〇九年發生一連串的事件，提高了黨的緊張情勢，與政治轉向。二〇〇八年八月西藏拉薩發生了暴動；二〇〇九年的夏天，同樣事件在新疆的烏魯木齊重演。二〇〇八年北京奧運，以及籌備北京大閱兵以慶祝十月一日建國六十周年，這兩個我親眼目睹的活動，也給了當局一個絕佳的機會，測試首都的保安程序並建立嚴密的安全網絡。此外，全國各地不斷增加的群眾動亂事件，也催生出一個附屬於省層級的安全單位。

我相信人事安排與官僚體系的考量，也很重要。曾慶紅已經退休，而政治改革的計劃並沒有重量級的擁護者。胡錦濤不是一位領導強人，也沒有在黨與軍隊中大幅整合權力，他只是因為他的正式官職而獲得尊敬。雖然過去的六年，計劃是在他的庇護之下執行，但或許他的職業黨工背景，反而讓他被預先排除在政治改革計劃之外。我認為，更有權力的人士和組織利益，可以輕易操縱胡錦濤的決策。

大約在那個時候，四個強而有力的官僚機構，彼此之間具有強大的利害關係，支持加大政府控制，而結合成為一個堅定聯盟，它們是：黨的宣傳機器、內部安全組織（國務院與公安部）、國有企業部門，以及軍隊和準軍事單位（人民解放軍與人民武裝警察）。這個我稱之為「**鐵四角**」（Iron Quadrangle）的四個強力官僚機構，及其主管單位政治局成員（包括目前正下獄監禁的周永康在內）的立場是：說服軟弱的胡錦濤，因為他不再受制於在政治局中扮演積極角色的曾慶紅，一種從上至下的政治自由化，將會失控而且危害到黨的治理。他們放棄了政治改革的計劃，推翻了其中的主要元素，改以嚴密的維安防護與黨的控制來取代[24]。

這些官僚機構也從政治的緊縮中，獲得財務上的利益，因為其中分配了難以計數的巨額款項。在二〇一一年時，內部安全預算八百三十五億美元，首度超越國防預算的八百一十二億美元，接下來的三個財政年度也是如此。最後，全球金融危機導致國際貨幣方面的「華盛頓共識」（Washington Consensus）沒落，助長了中國領導人一種傲慢的心態，似乎更值得擁護「北京共識」模式的發展。總而言之，我相信所有這一切因素，都影響了二〇〇九年北京的政治轉向。

自從習近平在二〇一二年十一月的中國共產黨第十八次全國代表大會中掌握政權之後，保守派的統治依舊延續。習近平是一位非常反自由化的領導者，他督導了自二〇〇九年以來更為緊繃的打壓。對於各種異議人士與社會活動者持續不斷進行打壓：網路與社群媒體遭到更加緊繃的控制（見第三章）；拆毀基督教的十字架與教堂；維吾爾人與西藏人受到有史以來最大的迫害；上百名維權律師被留置或審判；公眾集會受到限制；大範圍的出版品必須審查；大學教室裡正式禁止使用外國的教科書；知識份子受到嚴密的監控；國內外的非政府組織遭受來自政府前所未有的例行性監控，其中有許多被迫離開中國；常態性攻擊「外國敵對勢力」；為「維穩」所設立的安全機構，地毯式的席捲全國。起草並頒布一系列有關國家安全、網路安全、反恐怖主義以及反政府主義等侵犯個人的規章與法律。今天的中國，比後天安門時期的一九八九年到九二年的任何時點，都更為壓抑[25]。

因此我們可以確定，習近平是一位不折不扣的嚴厲統治者和強勢領導者。許多人相信，在前任胡錦濤手中「失去的八年」之後，這是中國所需要的領導人[26]。習近平散發出強烈的自我信念與個人信心；已逝的新加坡政治家李光耀總理對習近平的評價：「他的靈魂之中具有鋼鐵般的意志，超越胡錦濤；在體制爬升過程中，從不曾有人像習近平一樣，經歷過審判和苦難[27]」。

在一段相對較短的期間之內，習近平所累積的個人權力，超越了鄧小平、甚至許多人認為是毛澤東之後的任何一位中國領導人；而且集黨政軍的權力於一手，再次中央集權化。他鼓勵環繞在他周邊的個人崇拜，也是一位在國內與國際事務的領域，都非常積極主動的領導者；他為中國境內與境外規劃出清楚而詳細的願景，他的許多觀點都可以在《習近平談治國理政》（The Governance of China），這本厚達五百一十五頁的演講集中找到，也不禁讓人想到《毛澤東選集》（Selected Work of Chairman Mao）[28]。

就任沒有多久之後，習近平宣佈了他的「中國夢」：一個「讓中國回復偉大生機」的願景，他審視了三中全會的經濟改革計劃（見第二章）。自從擁有權力之後，習近平在所有的一切領域中，尋求強化黨的權力，剝奪以往賦予其他機構的有限自主權，而讓中國共產黨針對範圍極為廣泛的部門與行動，重新主導控制[29]。

最為明顯的是，習近平展開了一個前所未有，跨越黨、政府、軍隊與國家安全官僚體系的「反貪腐運動」。到目前為止，這個運動還在強力推行中；為數可觀的部長及省級和地方層級的官員遭到調查與懲處：在二〇一三與一四年間，總共有十八萬名中國共產黨黨員與政府官員、七十四位省級官員、四千零二十四位人民解放軍軍官（包括八十二位將軍），以及六十八位部長與副部長層級的官員[30]。還有高階的黨與軍隊領導（所謂的老虎）遭罷黜與監禁：薄熙來、周永康、徐才厚、郭伯雄、令計劃及其他人。這個運動還在持續，並受到民眾普遍的好評，毫無疑問對中國是件好事，也同時凸顯出貪腐問題遍地皆是。

但另一方面，這個「反貪腐運動」也正在轉向一種選擇性的整肅。許多江澤民派系的成員遭到罷黜；胡錦濤派系的成員也在增加之中，但習近平自己的天子人馬卻不曾有人中箭落馬。在一個核心具有濃厚「恩庇侍從網絡」（patron-client networks）的政治體制中，整肅兩位習近平前任者的人脈不見得是特別精明的作法，尤其是兩位前任還活著的時候。應該與他們合作，才是較好的策略。

這個運動也有其必然的副作用：席捲全國並癱瘓黨工系統。因為四千五百萬的黨員和政府的黨工幹部，以及數千軍官，每天都在擔心，自己是否會成為下一個落入習近平陷阱、並遭到逮捕的人。換句話說，雖然必要也受到歡迎，但反貪腐運動本身嚴重侵犯到它所仰賴的體制。還有，這個運動的目標只指向貪腐行為的「表面」：賄賂、私人豪宅、豪奢的生活方式、精品、情婦等，卻不是貪腐的系統性「根源」：制度不透明、缺乏自主性的媒體、缺乏獨立自主的司法系統、壟斷、鬆散的審計與稅務系統，以及缺乏政治競爭勢力等。

不過依我個人觀點，**習近平的強硬個性與堅定政策，和黨與政治系統內部的極度脆弱，並不相符。中國有句俗語「外硬內軟」：外表強硬內在不堪，對於今天的中國共產黨當局是個貼切的描述**。執政當局的鎮壓，是它有著深沉而嚴重不安全感的一種徵兆。具有信心和安全感的當局並不需要以高壓為治理手段。因此，可以發現中國政治的脆弱感；然而，中國的領導人面對嚴重的社會與經濟問題，以及正在升溫的外部挑戰，的確有值得害怕的理由。

在中國觀察家中有一個正在流傳的理論，認為從習近平的強硬作法，可以預期在他接下來的任期中，應該會有一個更為開放和改革的方向。但我並不認同這個論點，就像習近平在二〇一二年掌權時，我對於「他是一位政治改革者，將會開放體制」的說法，都曾經存疑[31]。如果自由化會發生，應該是其他的政治局成員聯合對他施壓所導致，而這在二〇一七年的第十九次全國人民代表大會之後，並不是完全沒有想像空間。只是**以我對習近平與目前執政當局的瞭解，他們把政治當作一種「零和遊戲」——從他們的觀點來看，分享權力與增加體制中的其他公民角色的權力，必定會走向「禪讓」的地步，也就等於他們個人力量與特權的減損**。習近平與他目前的中國共產黨領導團隊，絕大部份就像前面所描述，是傳統的保守派。

在習近平《習近平談治國理政》演說中的〈願景篇〉，涵蓋了中國所面對的一切公共政策：經濟發展、文化、科學與科技、生態、法律、貪腐、社會、國防、外交關係，以及其他。只是也不意外，其中沒有關於政治或政治改革的章節。理論上，這是一本有關治國理政的書，但卻非常奇特地沒有談到政治，十分耐人尋味。所有習近平的前任，一直回溯到鄧小平，都談過政治改革的需要，而只有他沒有，似乎「政治改革」並不屬於他的字彙或認知的一部份。

習近平強調「依法治國」，這是個事實。第十八次全國代表大會的四中全會，完全都貢獻給了這個題目；我們要記得，在習近平掌有權力之前，第十六次以及第十七次中央委員會的四中全會，是完全貢獻給政治改革與「加強黨的執政能力建設」。對習近平而言，法律似乎不過是掌握在黨國體制手中的工具而已，只是用來執行命令與規章罷了。

那次的四中全會，發佈了一份重要的文件：《中共中央關於全面推進依法治國若干重大問題的決定[32]》。整份文件所談的都是非常明確而且清楚地指出，黨要指導法律的應用，例如：「黨的領導」是具有中國特色社會主義中最本質的特徵，是社會主義法治最根本的保證。把「黨的領導」貫徹到依法治國全過程和各方面，是我國社會主義法制建設的一條基本經驗[33]。黨本身是由它自己的黨內法規與機構，像是中央紀律檢查委員會（Central Discipline Inspection Commission）所規範；如果黨內的官員被發現違反了國家法律，就會被移送，交由國家的法律體系來起訴。根據已退休的中國法律學者史坦萊・盧布曼（Stanley Lubman）的觀察，黨也許很清楚也很了解，需要一個更獨立自主於黨的管制之外的司法程序；但是，因為黨對於煽動性和政治上敏感行為的定義，佈下過於寬廣的脈絡，限制了司法機構真正從黨分離。到頭來，中國共產黨全面監控它所謂的「政法系統」，就不令人意外了。但不管怎樣，有些法律學者認為，四中全會的「決定」是未來發展潛力的核心，就像郭丹青（Donald Clarke）所指出，《決定文》譴責領導官員干涉司法個案，並呼籲建立一個制度來追蹤此種企圖[35]。郭丹青同時指出，《決定文》也擁抱了「疑罪從無」（編按：presumption of innocence，台灣稱作「無罪推定」）的原則，和加強「人民審判」（people's assessors, pseudo-juries 準陪審團）的角色，可以與法庭的法官一同聆聽個案[36]。

習近平應該掌權至二〇二二年為止，屆時他已六十九歲，依照中國憲法的規定，擔任國家主席兩個五年任期後，應該要退休了。這個細心安排的劇本應該會照計劃演出。但卻有兩種可能，會干擾到原先的設計：

第一、習近平在任期屆滿前被推翻，雖然不太可能但並非完全不可想像。透過他的打貪腐運動和個人權力的融合，習近平疏離了非常大數量的高階到中階黨工幹部[37]。在軍隊中遭到整肅的人員，要比中華人民共和國歷史上的任何時候，甚至比一九七一年林彪事件所牽連的更為徹底。包括超過四千位軍官和八十二位將軍，其中兩位還是高階的前中央軍事委員會的成員。習近平需要軍中的高階、也需要人民解放軍一般成員的支持，所以整肅人民解放軍，不僅非常意外、也非常危險。

中國共產黨政權的軍事菁英參與政治有一段相當久遠的歷史，在過去不只一次，發生了高階軍官介入並推翻或逮捕黨的非軍職領導人。先前當這種事情發生時，都會一併處理令人不滿的高階政治局領導。雖然缺乏有力的證據，但可以肯定的是，習近平整肅前高階領導薄熙來、周永康和令計劃等，使得那些與高層資深領導有關、數以千計的第二層級官員，全都成了中南海的驚弓之鳥。透過菁英刻意洩漏、往往成為可靠消息來源的香港媒體，充斥著江澤民警告習近平退後一步、並收斂反貪腐運動的訊息。不過，為數驚人的江澤民黨羽已經被逮捕了。

對習近平最具風險的，也許是從二〇一四年以來不曾間斷的謠言，都說曾慶紅將是習近平要打的下一隻「老虎」。考量到曾慶紅過去的高階職位、他與江澤民的緊密關係，以及如前所述在一九九八年到二〇〇八年間扮演政治改革的核心角色，「整肅」曾慶紅將為習近平個人帶來前所未有的高度風險；鑑於曾慶紅也有軍方的人脈，也可能引爆一個對抗習近平的政變。在過去一年，習近平兩度更換他的貼身保鑣，或許可以視為他警覺到這種可能的訊號。

第二種會干擾習近平在二〇二二年任期屆滿下臺的可能是，他自己操弄權力以延長他在位的時間。如果照此假設，屆時他的權力將大到可用某種官方的身份來延續職位，例如重新擔任黨主席，就像江澤民在二〇〇二年不想要放掉權力時，架空胡錦濤的作法。不過就算他按照計劃，真的在六十九歲退休，也可能在往後一段時間中成為中國政治幕後的教父。（編按：二〇一七年十月中共十九大通過將「習思想」寫入黨章，充分印證了作者的說法。）

中國政治的未來路線

在這種背景和目前的條件之下，中國的政治要往哪裡走？對於中國政體的未來，有哪些是可以預期，又存在什麼變數？

就像我們在第二與第三章所談到有關經濟與社會方面的發展，**談到政體，中國的領導人基本上有兩種選擇。其一是延續二〇〇九年以來，所採取的控制與打壓模式的強硬威權政策，讓所有在前兩章描述的經濟、社會問題及其瓶頸，繼續潰爛並惡化；或者，可以回到一九九八到二〇〇八年間所遵循之軟威權主義的政治改革策略，包括對於政治體系的明顯鬆綁與自由化，以便能有效管理許多經濟與社會的挑戰，並能有所突破。**

除了前述兩個選擇以外，還有其他兩種可能的方案。第一、是以更強大的打壓，更強化控制公民生活的所有面向，明顯朝向重建極權國家的企圖。毋庸置疑，情況只會變得比現在更糟。

另一個選項則是，執政當局可以有意識地朝向相反方向前進，遠遠超越一九九八年到二〇〇八年之間透過有效管理的政治改革，實質創造一個半民主、類似新加坡的政治體制：其中雖有多黨派的競爭，但仍然只有一個主控政黨。這個模式還有許多以下將描述的其他元素，但只有透過這種徹底的改革與結構的變更，中國才能發掘自身完整的創造潛能，成為一個創新的社會，與有活力的國家。

因此就像前面幾章所探討，我預想中國政體的未來也有四種選項[38]：硬威權主義、新極權主義、軟威權主義，和半民主主義。第一種就是現況，第二種是明顯開倒車，第三種在以前曾嘗試過而且可能再度嘗試；而第四種對中國而言，則是大膽向前邁進。現在，讓我們按照順序，逐一考慮這些可能選項。

硬威權主義——誤判形勢，維持現狀

當然可以想像，執政當局會持續目前的強硬威權式高壓政策，這些政策已經施行了七年，時間並不算短，而且習近平與黨政體系並沒展現出更換跑道的訊息。相反的，對於全國性的擴大控制與壓抑，還正「持續加碼」中。

然而我想說的是，**目前加強管控與壓抑的後二〇〇九年情況，只會更加突顯黨國體制與社會之間已然緊繃的關係，並變得更加嚴峻。照我的看法，這種強硬威權主義只會加速黨的萎縮與墜落。緊繃的控制所反映的，是一種對於權力的零和遊戲，和一個缺乏內在信心、不信任自己的人民，以及具有高度不安全感的執政當局。壓抑所反映的是弱點，而不是強項。**

如果透過一種比較性的「視角」，或者說得更白一點，是兩組對比的視角來觀察，更能清楚看到黨的弱點。

第一組是把中國共產黨與其他威權式的新興工業化國家作比較。**到目前還不曾有威權國家通過「中等收入陷阱」而成功轉型，卻沒有同時採行民主式政治制度的案例**。因此，經濟開放與政治開放之間，就像第二章討論過的「J曲線」所呈現的，有非常清楚的關連性。繼續採行強硬的威權主義，就無法為三中全會所揭櫫的經濟改革提供前進的條件，所以會造成經濟的持續停滯，中國將永遠陷在「中等收入陷阱」之中。這種型態的政策，也會讓執政當局所面對的社會問題，更加嚴重。

第二組是將中國共產黨與其他列寧式政黨作比較。列寧式黨國體制具有非常不一樣的特徵，使它們不同於其他的威權體制；普遍來說它們更加機構化與組織化，所以列寧式政黨可以滲透並掌控政府、軍隊與社會的一切面向；列寧式體制就像一個巨大的機器，透過大量精密而複雜的齒輪才能使它運作；其他許多威權政體則是家父長式或強人的個人主義，由一名獨裁者領導、不夠制度化的黨政體制，而且高度仰賴效忠領導者的軍隊，才能維繫體制的權力。

在冷戰期間與之後，政治學家已經研究列寧式體制好幾十年，也對其發展階段提出了可鑑別與可預期的模式，它的政治生命循環週期：革命獲取權力↓整併權力並施行極權管控↓官僚化與動員↓強硬威權主義與官僚體系萎縮↓軟威權主義調適與多元化[39]。中國在很大程度上跟隨著這個進程，在一九九八年到二〇〇八年之間，轉移到了政治發展的最後一個階段。

蘇聯在戈巴契夫時期曾企圖轉型，然而由於前一階段的衰退全面蔓延，所以整個體制無法接納改革，終致崩潰；東歐共產黨國家的情況也一樣。中國曾經採行調適的途徑，只有一九八九年到九八年後天安門事件時期的緊縮是例外，一直到二〇〇九年，暫時停止多元調適和透過有效管理的政治開放腳步，又回到強硬威權主義並由黨國體制重新掌控。**從未有過列寧式黨國體制經過長期調適而成功的例子，它們全都瓦解了**。

不過有一個不屬於共黨政權的例外，就是由國民黨統治的台灣。**一九八六年蔣經國總統開始展開轉型，從一個改革與調適型的列寧式黨國體制，成功轉變到完全的民主政權**。換言之，的確有一個中國式的前例，從軟性威權的列寧式政體和平轉型成為一個民主的政體。

綜上所述，雖說中國並沒有要轉型成為民主國家的企圖，但在二〇〇九年之前，中國是以「調適性開放」同時伴隨有效管理的政治開放作為路線。在一九九八年到二〇〇八年間，中國共產黨的領導人所進行的是一場賭博，是一場可能朝向更好未來的豪賭；只是在二〇〇九年他們決定不賭了，因此壓抑限縮，回到了強硬威權主義。

這個往高壓政治、管控與官僚化靠攏的轉向情況，還伴隨了兩個無法掩飾的列寧式政體萎縮訊號：

第一個是明顯假裝遵從執政當局的宣傳，中國共產黨執政當局日復一日地喊出一個又一個的宣傳口號，只是黨工與平民百姓也都同樣採取顯然是虛偽的假意遵從。任何人造訪中國時都能馬上瞭解，黨的忠誠擁戴者也只是「過個場」、虛應一下故事。在過去幾年，幾乎很難錯過這種充斥全中國政治的虛情假意演出。中國的政治總是像一齣充滿官方修辭與活動的樣板戲，黨員、官員與一般老百姓，都知道應該要配合儀式或參加這類會議，並像鸚鵡學舌般重述官方的口號；這行徑就是所謂的「表態」，重新宣示個人立場；黨員與民眾就在他們的同儕面前，逐字重複最新的口號（如果他們能記住那一長串口號的話），也算是「走個過場」。

這種虛應故事的遵從，近幾年來在中國愈來愈明顯，意味著執政當局的宣傳不再有效，大家都知道：國王沒有穿衣服，沒有人再相信領導者的指令，他們只是像鸚鵡般的複誦。就像蘇聯與東歐曾經發生的情況，一旦如此，就是執政當局甚至團隊成員間，執政價值淪喪的關鍵指標。

第二個萎縮訊號，由於政權內在普遍的貪腐，經濟菁英已開始大量逃離這個國家，其中許多人本身還是黨的成員（因商業上任人唯親所形成的網絡）[40]。中國的經濟菁英早把一隻腳跨出門外，一旦體制崩潰，他們拔腿就跑。二〇一四年上海胡潤研究院（Hurun Research Institute）研究中國的富豪，發現他們所調查的三百九十三位百萬和億萬富翁等「高淨值資產人士」（high net worth individuals），高達百分之六十四的比例不是已經移民國外，就是正在辦手續[41]。有錢的中國人把子女送到國外求學的人數，正在創記錄，形同對中國高等教育制度品質的控訴。他們在海外購買不動產的數量與價格都屢創新高，而且通常是在海外保護良好的避稅天堂和空殼公司存放資產；同時，北京方面也正試著將藏匿在國外的金融罪犯引渡回國。**當一個國家的菁英——其中有許多是黨員，如此大量逃離，不啻是對執政當局和國家未來缺乏信心的具體訊號。**

展望未來，注意下列指標：**折磨著中國共產黨政治體制的末期癌症正在轉移——安全系統的黨工人員無法執行鎮壓、網路與社群媒體的監控與檢查失敗、官員叛逃海外、軍隊與內部的公安體制分離、菁英之間的派系鬥爭、知識份子反撲、突發的抗議行動，以及其他的異議份子活動。**

基於上述所有情況，我估計，中國式的列寧體制將再一次來到萎縮與無法阻擋的墜落階段；中國以往的朝代衰亡時，也出現許多明顯的類似因素。直白而言，**強硬威權主義將導致經濟停滯、社會不安，和中國共產黨政權墜落。習近平與他的同志們可能認為，這是對中國與他們自己仍能掌握權力的正**

確路線，但我相信，他們的推算完全錯了。

新極權主義——一意孤行，引爆危機

也同樣可以想見，執政當局會加緊對社會的壓抑與控制，以試圖回復並重建中國曾有過的獨裁體制。許多在當時用來壓制的機構與工具仍然存在，而且還有巨額的「維穩」預算，以及新的監控技術，可為當局提供新的「歐威爾式」（Orwellian）選項（編按：指現代政權藉宣傳、誤導、否認事實、操縱過去，來執行社會控制）。這種步履蹣跚的左傾式退步，可能會陷入一種類似一九八九年的社會、經濟和政治的危機；也可能來自強硬路線的領導者與其壓制性的官僚體系為維護自身所造成的結果，或兩者皆有。

上述情況的參考時點，應該是在一九八九年至九二年，包括以下這些行動：對所有主要媒體與社群媒體採取嚴厲的政府監控；對知識份子、學生、律師、作家、活躍份子廣泛留置與逮捕；在西藏與新疆，也許還有其他地方宣佈戒嚴；關閉國內與國際性的非政府組織；在全國各城市部署準軍隊式人民武裝警察並加強員警巡邏；嚴格限制中國公民的海外與國內旅遊；限制外國人簽證並嚴密監視他們與中國人的互動；在文化與教育領域的仇外運動；以及其他的打壓措施。這些內部的打壓措施，也可以與對外的激進活動並行。

雖然這些行動有執行上的困難，但並非是一個完全不可行的劇本，特別是在一個大規模暴動、或廣泛性的社會動盪發生之際。社會動盪不安反而給執政當局一個量身訂做的藉口，實施進一步鎮壓。當然，在領導團隊和中國的「高壓機制」內部，也有強硬派的個人偏好回到更強勢鎮壓的路線。**問題是，社會可能支持這樣的作為嗎**？**有七億公民透過網路與社群媒體「微信」形成了連結，他們會支持彼此間的聯繫遭到切斷和關閉嗎**？**現在，好幾百萬的中國人已擁有護照，他們會在這種情況下就離開家鄉嗎**？**人民會回到相互監視，或者忍受他們當中有人是祕密員警嗎**？除非真到了那一天，否則沒有人知道這些問題的答案；只是，**現在已經不是一九八九年當時的那個中國了！**

從「收」到「放」的雙贏思考

另外一個選項，則是執政當局可以朝相反的方向移動，變得更開放、容忍與自由。前面所描述的周而復始的「放收循環」（fang-shou cycle）可以再次啟動。如果要發生這種情況，共產黨與其領導人必須要放棄對於政治權力「零和式」的處理方法；而且要瞭解到更自由與開放的政策，可以更有效處理他們所面對的系統性經濟與社會挑戰；同時，還可以實質上延長中國共產黨的統治與他們的權力。

可以有一個更為雙贏的政治權力處理方式，並不一定要結束中國共產黨的一黨專政，或出現一個完全民主化的制度。當然，一個完整的民主制度有著權力分享的多黨派制度、直接選舉、全面普選、保障公民權利、自由的媒體、完全開放的公民社會與公共領域、完全的市場經濟，以及其他與真正民主制度有關的特色，絕對可以實現讓中國偉大的理想。但是，若為了要釋放中國社會的完整創造潛力，以便推動新一波的創新發展，就不一定非如此不可。依照我的看法，透過「放」或「收」兩種系統中的任一種，都可以達成。

軟威權主義——時不我予，治標延命

首先，應該回到中國共產黨在一九九八年至二〇〇八年間曾經採行過的軟威權主義，也就是前面談過，一種透過有效管理的政治改革政策。這不是一個新的政策，只是回到曾慶紅在那十年間所推行的、強而有力的舊政策案例。而且，也有經過批准的中國共產黨重要文件來支持這樣的一個政策方向，精確地說，就是第十六屆與第十七屆中央委員會的四中全會《決定文》。雖然後來被束諸高閣，但這兩份文件都由黨內的最高層級所批准，是軟威權統治的制度化與計劃性的藍圖。

如同本章開頭提到，中國的政治在壓制與改革之間搖擺。每當壓制者再度掌握局勢時，都會修補並再次確保他們過去使用的壓制手段。同樣地，在最近一次鎮壓平復之後，每當政治改革者重獲權力時，就會打開文件抽屜，撣落以前用過的改革計劃上的灰塵，然後問問自己：「現在，我們走到哪裡了？」

在整個中國共產黨體系和知識階層中，有許許多多的政治改革者和抱持自由傾向的黨員。我認識他們，我與他們見過面也交換過意見。他們並不滿意於國家和黨的目前方向，但因為沒有選擇，從二〇〇九年以來他們只能保持低調；然而他們證諸過往經驗，等待時機再臨。

俞可平是其中一位，他是北京大學政府管理學院院長，曾任中共中央編譯局副局長的職位，也是資深領導團隊的非正式顧問。在他的許多進步著作中，有一篇是在二〇〇六年所刊出的文章，題目是《民主是個好東西》（Democracy is a Good Thing）[42]。

如果領導團隊再度達成政治控制鬆綁的共識，改革派便可再次打開文件的抽屜，把他們前任所批准的第十六屆與第十七屆中央委員會的四中全會《決定文》上的灰塵撣去，那就可以像鄧小平在文化大革命之後所做的，擁有一個政治鬆綁與透過有效管理來改革的現成藍圖。如果在體制頂端的大多數領導人都具有自由傾向的話，這並非全然不可行；只不過，現今並非如此，除非中國共產黨的組成精英能有極大幅度的改變。

這個改變，有可能會在二〇一七年的第十九次全國代表大會時發生；屆時，政治局常務委員會七位成員中的四位、政治局二十五位委員中的十三位，都將因為年齡的限制而被要求退休。其他十二位仍將留任的政治局委員中的九位，是有過屬於政治改革者的記錄，最知名的是李克強、王滬寧、李源潮、汪洋、劉奇葆、孫政才，以及胡春華。這是在黨的權力頂端的一個具有潛在力量的聯盟。即使習近平不同意再次開放政治改革，這個聯盟也應有足夠的力量去推動改革。如果習近平企圖阻擋，就可能產生僵局或直接攤牌，而習近平若不採取強勢的手段，否則就是他的權力被剝奪。（編按：二〇一七年十月中共十九大政治局委員中，作者所列舉的政治改革派僅李克強、王滬寧、汪洋及胡春華留任，並大幅換上習近平人馬。）

這種回到政治上比較自由的作法，能夠有效解決隱涵在三中全會文獻中，有礙中國經濟與社會大膽改革而急需處理的瓶頸。政治鬆綁雖然受到歡迎，但並不是萬靈丹。首先，到了二〇一七年，改革已經遲延了八年，在這段期間，中國想要處理的問題已經變得更加嚴重。還有，就像在一九九八年至二〇〇八年期間，即便向下執行沒有失控，也不能保證由上至下、透過有效管理的政治開放可以完成任務，而這正是保守派人士所擔心的情況。

可是，**如果中國共產黨不轉往這個方向，那麼執政當局將會在停滯中愈陷愈深，並與時俱衰**。許多觀察家，包括我在內，都相信**除非能回到軟威權式的政治改革，否則共產黨政權將迎來最後階段；在這種情況下，黨的權力與控制工具都將逐步萎縮，形同緩慢的凌遲而不是突然暴斃**。很多讀者誤解了我在華爾街日報上所刊出的，有關這方面論點的文章[43]。

有些專制政體是由上被政變或派系鬥爭所推翻；有些是從底層經由內戰或社會革命而推翻；偶爾也像發生在台灣的情況，由在上執政的當權領導者或精英規劃一場民主式的開放[44]。但是更多的專制政體，就像末期癌症已經移轉的病人，直接從內部腐蝕或萎縮。當這情況發生時，觀察家們應該把眼睛盯著執政當局的掌控機制，以及企圖加強執行的人。人民與黨員都一樣，並非真誠遵循黨的指示；而且，在強制執行黨的命令時，當局的宣傳組織與其內部的安全機構也許會鬆懈、甚至開始同情異議份子，就像獲得奧斯卡獎的德國電影《竊聽風暴》（The Lives of Others）中的「史塔西」（Stasi，德國的國家安全部門）特務，開始同情他所監控的目標。這不是好萊塢式的虛構幻想，而是列寧式的執政當局經常會從內部腐蝕，或因自己的權力和僵化的效率而崩潰。就像對癌症病人採用化學治療——壓制或許暫時有效，但不是治本之道。

半民主式——黨政轉型，大膽突破

還有第四種可能，將帶來一個真正開放的政治制度，可以擁抱目前在香港、特別是在新加坡所實施的半民主制度中的許多元素與特色。在這種可能性之下，中國共產黨仍然掌握主導權，但權力轉移並與其他少數政黨分享；存在一個部分限制的公民社會；由多黨競爭經常性的選舉；完全獨立自主的立法和司法機構，與專業的公共服務部門分立並存；一個相對開放的媒體生態；尊重基本的公民與人權，公民自由受到憲法的保障。這雖不是西方所認知的民主，但卻運作得更有效率；在這個模式之下，中國共產黨就像是新加坡的人民行動黨一樣，仍然是掌握權力的主要執政黨。近幾年來，人民行動黨曾遭到挑戰，在二〇一一年的選舉中，經歷了史上最大的挫敗，只獲得百分之六十的選票；然後在二〇一五年的選舉中有所反彈，贏得了百分之七十的選票和國會八十九個席次中的八十三席。所以即便是新加坡也拋棄了從前比較嚴厲的專制威權。

如果要讓中國走向這個半民主途徑，仍然需要對當前政治體制進行重大與深遠的轉型，必須根本改變中國共產黨的運作模式。要賦予所有公民投票的權利，也要鼓勵政黨之間的競爭；中國已經有八個所謂的「民主黨派」，要允許他們與中國共產黨及彼此相互競爭。因此，必須讓司法機關和「全國人民代表大會」獨立於中國共產黨政府的分支機構之外；也必須要有許多措施來確保決策過程透明化，這意味著中國共產黨的組織要全面退出政府機構或企業；公務員不再由中國共產黨指派；要求所有層級的政府公務員申報財產；要求政府官員與預算，受到國會（全國人民代表大會）監督；要求軍隊依法只對政府而不對共產黨負責；要求一個自由而公開的媒體環境；即便共產黨是具主導性的最大政黨，最低限度也要具備上述這些民主制度的元素。**只是，中國共產黨會願意不顧目前所擁有的完全獨佔權力，去接受這些限制並承擔改革的任務嗎**？**根據我的估計，機會趨近於零**。

以上所討論的中國可能選擇的政治路線，我研判「硬威權主義」將會盛行到二〇一七年的第十九次全國人民代表大會。在那之後，回歸「軟威權主義」的機會將升高，但不太可能佔到上風。如果不這樣發展的話，眼前的停滯將會繼續，改革也將會延後，而中國共產黨則將逐漸失去對權力的掌握。

・第五章・

中國的未來與世界

未來，中國將以何種姿態與世界互動？一個善良的夥伴和好鄰居？一個孤立而自行其事的國家？一個具威脅性的強權？

在未來，中國將以何種姿態與世界互動？一個善良的夥伴和好鄰居？一個孤立而自行其是的國家？一個具威脅性的強權？中國的作為會反映出他們的安全與自信，還是抗拒與不安？中國內部的演化，與本書第一章至第四章所指出的四條未來路線，將如何展現在他們的對外關係上？反過來說，這個國家的外在環境將如何影響它的內部狀況，以及如何形塑國家領導人選擇這些可能路線？或者說要到何種程度，中國的外交舉措才會與前面幾章所討論的內部問題脫鉤？以上所有的問號，我會試著在本章解答。

隨著中國逐漸增加在國際所扮演的角色與力道，它的國際關係就變得更為複雜與緊張，當然也會持續到未來。雖然，中國政府口頭上追求「雙贏」的關係，也想要有一個建立在「和平發展」與「和平共存五原則」（Five Principles of Peaceful Coexistence）基礎之下的外交政策[1]；但不可避免，還是會有特殊的情況與國家，不認為中國是個完全善意的政權。之所以如此，原因之一在於中國政府並不去管理它在海外的商務機構與公民的行為，其中有些從事剝削或非法的行徑，而且在開發中國家的情況愈來愈明顯；中國的網路駭客與間諜活動，目前在已開發國家是家常便飯的普通事件；中國逐漸成長的軍事力量、海軍勢力的擴張，甚至已經開始改變區域的安全平衡；中國的龐大財力資源及其「走出去」的政策，已在全球各地造成經濟衝擊，而且還不完全是正面的影響；中國的航太發展也頗具野心，包括一個繞軌道運行的太空站、一個大型的衛星計劃，以及打算在二〇二〇至二五年之間派人登陸月球。

這一切的發展都正在影響國際關係，也影響中國自己。毫不意外，**中國與周邊鄰近地區的互動最為緊張**；中國位居亞洲的心臟，陸地與其他十四個國家接壤，還跟好幾個國家以海疆劃分；**由於地理位置居中**、**幅員廣大**、**高漲的民族主義**、**強大的軍隊**、**龐大的經濟實力，以及充滿爭端的疆界訴求，中國正面對與鄰國相處的困境，和升高的緊張情勢**。

周邊緊張情勢升高

這種緊張情勢與策略上互不信任的源頭，因不同國家面對中國的方式而有差別，但是在亞洲只有少數幾個國家，並未與北京發生摩擦[2]。在未來幾年，我們預期緊張情勢將持續甚至加劇。

南韓也許與中國有著最強、最正面的關係，但首爾仍不滿意於北京處理北韓及其挑釁行為的作法；也不喜歡中國解讀他們的歷史與地理。而自金正恩掌權，北京表達對平壤政權的不滿後，中國與北韓的關係也嚴重緊繃。不過，南韓還是表現得像一個恭敬的藩屬國，但北韓卻不是。

日本與中國的緊張關係，出於多重原因而且積怨頗深，但卻只顯現出些微的改善訊號。日本民眾對中國的觀感來到史上新低，只有百分之七的日本人「欣賞」中國。現在，日本把中國視為國家安全的頭號威脅，他們修改憲法第九條讓自衛隊入憲，一大部份是受到中國威脅感升高的刺激；雖然，在強烈的不信任與緊張關係之下，中日雙方還是建立了一個外交平臺，並持續商務上的互動；然而，這兩個區域性領導強權之間的敵對關係，在未來的幾年當中，將會是亞洲戰略格局上的一個「永久性」特徵。如果敵對情況持續，而雙方關係又失調的話，整個亞洲戰略格局難以穩定。

雖然過去八年中，海峽兩岸關係有顯著與正面的進展，但中國與台灣的關係，仍然卡在台灣的「分離式身份認同」，以及台灣擔心被大陸掌控（見第三章）。儘管雙方的互動有成長，卻也意味著台灣對大陸的依賴明顯增加，這令許多台灣人感到不安。台灣也每天活在大陸的巨大軍事威脅之下，包括一年三百六十五天，每天二十四小時都瞄準這個島的一千兩百枚短程導彈[3]。

在東南亞方面，菲律賓、越南、馬來西亞與汶萊，都陷入南海與中國的疆界爭議；這種多邊爭議，讓北京與每個國家的個別關係，以及與「東南亞國協」（Association of Southeast Asian Nations, ASEAN）整體的關係，都陷入緊繃。柬埔寨，與其說它是一個亞洲國家，不如說它是北京的一個客戶，但即使是這個國家，也開始在北京的經濟強勢擁抱與外交壓力的遏制之下，顯現出窒息的訊號[4]。緬甸直到二〇一一年從北京的掌握中抽離之前，也經歷過同樣的窒息，在那之後，有許多雙邊摩擦，繼續啃蝕兩者的關係；中國在伊洛瓦底江築壩，是讓緬甸政府收手的主要催化劑，但事實上中國在其境內無所不在的蔓延勢力，才是根本因素。而中國在湄公河上游興築水壩，也讓寮國有著類似感受。泰國與印尼，是今天僅存與中國好像有著平順關係的兩個東南亞國協國家；不過，兩個國家歷史上都與中國有過摩擦，因此不排除再發生類似情況。

紐西蘭，特別是農業與乳製品出口，開始在經濟上依賴中國市場。然而，首都威靈頓方面對於中國把手伸進南太平洋島嶼，形同侵入後院，還是感到緊張；中國的網路駭客行為，與中國在南島大規模收購豐美的農業用地，也引起紐西蘭媒體與國會的公憤[5]。至於澳洲，也有類似在經濟上依賴中國的關係。不過，位於坎培拉的國家安全單位，對中國是否在區域和澳洲本身的安全造成軍事威脅，意見卻非常分歧。

在南亞方面，印度與中國算是維繫了些許常態的關係，但在表面之下深植著對中國軍事與地緣政治上的不安與恐懼；這段歷史記憶，可追溯到一九六二年的邊界戰爭，中國依然佔領巨幅有爭議領土的事實，持續懸置兩國的關係。而中國在青康藏高原上興建水壩，影響到雅魯藏布江、印度河與恆河，也進一步讓首都新德里方面不開心；至於庇護達賴喇嘛流亡政府，更是長期以來惹怒北京的原因。不過，中國堅定支持巴基斯坦這個印度的世仇，應該是過去十幾年對新德里最大的刺激了。其他國家如斯里蘭卡則與緬甸的經驗非常類似，因為中國在其境內發揮經濟實力，也在試圖拉回它與北京的關係[6]。尼泊爾這個喜馬拉雅山中王國，也因為中國影響力蔓延，而感到過分依賴的痛苦與不適。孟加拉至今仍然是巴基斯坦之後的中國第二大軍事進口國，還持續依賴中國的援助。此外，中國與「堅定不移的友邦」巴基斯坦的關係，一直都非常穩固；二〇一五年北京為首都伊斯蘭馬巴德提供了一份史無前例的四百六十億美元援助計劃，卻也造成與印度的嫌隙更深。

來到北邊，中國與中亞各國的關係，拜能源與基礎建設的投資所賜，看起來強大而穩固。中國宣佈了「一帶一路」的政策，並成立「亞洲基礎設施投資銀行」（Asian Infrastructure Investment Bank, AIIB）[7]，打算在下一個十年中，投入一千一百五十億美元到整個亞洲地區，這對亟需重要基礎建設的國家來看，毫無疑問是一項非常正面的投資；不過也有人質疑，參與的各國何時會在中國巨大的身影之下，開始感到焦躁不安；另外還有一個實際的問題，就是如此巨額的援助，中國的承諾能否實現？因為，中國在信守承諾方面的歷史紀錄不佳，在過去十年，對印尼承諾了將近三百億美元，但最終只提供了約百分之七的金額[8]；對其他的開發中國家也有相同案例。中亞也是俄羅斯戰略上的後院，可能會影響莫斯科與北京的關係；地處內陸的中亞國家更可能熟練地操弄鄰近強權，從而獲取利益。

在外交事務上，北京跨亞洲地區主動採取行動，經常性與區域內領導人召開雙邊或多邊高峰會議。當這些領導人會面時，中國的慷慨援助也就隨之而至了；**中國的外交政策工具箱中，最重要的工具就是「錢」，而且正以無史無前例的方式運用。現在除了菲律賓以外，中國是每一個亞洲國家的最大貿易夥伴，這隻巨獅的對外投資仍然以亞洲為主。**

毫無疑問，中國已成為亞洲經濟行為與供應鏈的中心（如圖表5.1所示），**更不意外的，其中很大部份出於北京的計劃，中國政府稱之為「經濟上的相互連結」**。從整體而言，這樣的做法有利於區域發展，但也製造了「不對稱」與「不平衡」；因此，中國的鄰居們都開始煩惱於對北京依賴的增加。其他人則認為這個過程非常自然而無法逆轉；新加坡已故領導人和元老政治家李光耀先生，在二〇一二年的觀察：「因為中國龐大的市

中國跨亞洲的出口與進口						
	2011			2012		
國家	總貿易	從中國進口	出口至中國	總貿易	從中國進口	出口至中國
汶萊	1.3	0.7	0.6	1.6	1.3	0.4
柬埔寨	2.5	2.3	0.2	2.9	2.7	0.2
印尼	60.6	29.2	31.3	66.2	34.3	32
寮國	1.3	0.5	0.8	1.7	0.9	0.8
馬來西亞	90	27.9	62.1	94.8	36.5	58.3
緬甸	6.5	4.8	1.7	7	5.7	1.3
菲律賓	32.2	14.3	18	36.4	16.7	19.6
新加坡	63.7	35.6	28.1	69.3	40.7	28.5
泰國	64.7	25.7	39	69.8	31.2	38.6
越南	40.2	29.1	11.1	50.4	34.2	16.2
香港	283.8	268	15.5	341.3	323.4	17.9
日本	342.5	148.3	194.6	329.5	151.6	177.8
南韓	245.6	83	162.7	256.4	87.7	168.7
澳洲	116.6	33.9	82.7	122.3	37.7	84.6
紐西蘭	8.8	3.7	5	9.7	3.9	5.8
印度	73.9	50.5	23.4	66.5	47.7	18.8

單位: 10億美元

圖表 5.1　中國在亞太的貿易份量

（來源：東南東 East by Southeast，編按：以報導東南亞與亞洲整體為主要內容的學術性網站）

場和日益成長的購買力，正在把東南亞國家吸入自己的經濟體系之內；日本與南韓也不可避免地被吸進去，只不過並不需要使用武力……。中國強調透過經濟去擴張影響力，他們正在成長中的經濟支配權，將會很難對抗[9]」。不過如果更廣泛來看，中國在區域貿易與投資所佔的比重，還不足以成為具支配性的優勢：在許多東南亞國家的投資，北京的排名在日本、歐盟或美國之後；而且它的貿易金額，也沒有超過任何一個亞洲國家貿易總額的百分之三十，通常在百分之十五至二十左右；所有的亞洲國家都維持著一個多元的商務模式。但不管怎麼說，幾乎每一次關於亞洲資金的對話中，都會流露出因為中國經濟的重要性增加而日增的擔憂，而且更擔心中國基於其他目的發揮槓桿作用的做法。北京方面似乎誤認只要打出經濟這張王牌，就可以將身份認同問題或是與鄰居間的糾紛，拋諸腦後，但事實並非如此。

除了經濟方面的議題，令人印象深刻的還有中國在跨越印度洋——太平洋海域的軍事現代化，以及快速擴張的海軍實力。「珍珠鍊」（string of pearls）戰略已然成為一個事實，中國正在安排一連串沿著整個印度洋到非洲東岸的港口停靠權利；中國最高領導人習近平曾經非常清楚表達，要成為一個「海洋強國」（maritime power）。到了二〇三〇年，中國的海軍將可能擁有五艘航空母艦；目前，中國已經擁有世界上最多的三百七十艘艦艇所組成的海軍。

在二〇一五年，中國發表了第一份有關國防戰略的白皮書，其中非常明確的指出「近海防禦、遠海護衛的戰略要求」；中國區分「近海」（near seas）和「遠海」（far seas），前者與中國領土的海岸線相連，後者是開放性的深海區域。白皮書中指出，中國的海軍將逐步實現「近海防禦型向近海防禦與遠海護衛型結合轉變[10]」；如同白皮書中所明指，「必須突破重陸輕海的傳統思維」。

中國在南海的整建島礁工程，讓它的南邊鄰居有了進一步的警惕，就像日本非常關注中國對於東海的主張。北京對於這些關注的一致口徑和輕蔑態度，卻更加挑起區域的緊張。根據二〇一四年與一五年「皮尤全球態度調查」（Pew Global Attitude Project）所做的亞洲國家民意調查所透露的訊息：中國疆界爭議可能引發衝突，是一個跨區域的廣泛關注議題（圖表5.2）。

因此，所有的周邊國家與中國的關係是甜與酸的結合，但是酸的部份在增加之中。我預期這應該是一種長久的趨勢，將會持續到下一個十年之後。而這種發展將形成並持續走向國際關係的鐵律：也就是所謂的「平衡法則」（the law of counter balancing）。歐巴馬政府的「重返亞洲」（pivot to Asia）或「再平衡政策」（rebalancing policy，編按：泛指歐巴馬政府的外交政策重心將逐步由中東向亞洲挪移，主要原因之一自然是因為中國的崛起與其影響力的擴張，美國對亞洲地區承諾的增加將有助於區域再平衡

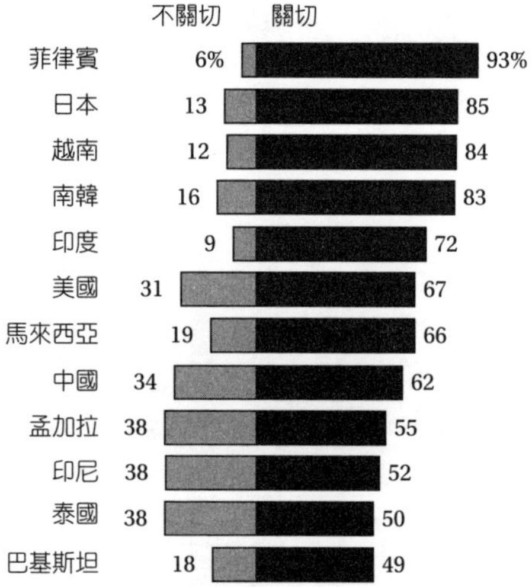

圖表 5.2 亞洲各國看待中國邊境爭議的態度
（來源：皮尤研究中心全球態度調查，2014 年春天）

的達成）揭露時，大家並不覺得意外，因為這是美國盟邦和其他許多亞洲國家，在二〇〇九到一〇年間感受到了一個更加具有自信的中國，所引起的緊張而導致的直接結果，「再平衡政策」可能無限期延續；中國變得愈強大，這種害怕的感受就愈強烈，回縮與反彈的措施也更強。

如果，北京試圖要建立的是一個二十一世紀版本的帝國朝貢系統，將註定失敗；因為其他的亞洲主權國家，都不希望再與中國維持一種「恩庇侍從」（patron-client）的關係模式（編按：一種國家與國家之間的垂直互惠結構關係；恩庇者具有較高的權力地位，侍從者則透過對恩庇者的效忠與服從來換取生存所需資源）。事實上，**中國位於亞洲中心的地理位置反而是個大弱點，有可能導致「反平衡」和「包圍圈」的效應**。

與其他強權的關係

中國與世界上的其他強權——美國、俄羅斯與歐洲的關係，所展現的是三種不同的型態，而且預期每一種都會持續到下一個十年之中。**中國與美國的關係會更緊張與更競爭；與俄羅斯的關係是維持緊密而保持戰略上的彈性；與歐盟的關係則愈趨成熟**。

「中國夢」vs.「美國再度偉大」——競爭式共存

現今美國與中國的關係堪稱史上最為和緩的時期，但也正變得更為複雜與緊繃。近年來中美雙邊或全球合作的領域減少，而意見不合與競爭加劇的部份卻穩定成長；這並不是一種暫時的不正常趨勢，而是所謂的「新常態」（new normal）。這完全是自然而且可預見的發展，當中國的綜合國力全面成長時，就更明顯肯定自己舉足輕重的地位，也由於日益高漲的民族主義，有時北京方面的口氣近乎狂妄。而當中國的利益與身影逐漸遍佈全球時[11]，中國與美國在比較偏遠地區的衝撞，就更為嚴重；不過，**兩個強權的互動與戰略上的競爭支撐點，是亞太地區**。確實，中國與美國在許多地區的國家利益是重疊的，可是雙方似乎無法針對非洲、亞洲、中東，或者拉丁美洲，討論出共同的計劃。華盛頓方面在全球治理上曾經試圖，將北京納入一種多管道的「寬軌式夥伴關係」（a broad-gauged partnership）名單之中，有些分析家將此稱作「G2」，但中國卻在二〇〇五與〇九年，兩度拒絕了這種努力；不過，在二〇一四與一五年歐巴馬總統與習近平主席的高峰會議中，似乎取得一些進展。北京及習近平個人所追求的是與美國政府建立「新型大國關係」，但歐巴馬政府並不認同這種概念；美國政府認為中美雙方的關係應該建立在實際行動，而不是在口號之上，這個目標才值得談下去。

有幾個理由讓兩大強權陷入愈來愈競爭的關係之中，其中一點，**美國是既存的強權，而中國則是一個正在崛起、並且具有挑戰意味的強權，兩者之間的緊張是意料中事**。歷史上也有很多這種例子，哈佛的格雷厄姆・艾利森（Graham Allison）將此描述為「**修昔底德陷阱**」（Thucydides' Trap，編按：源自古希臘歷史學家修昔底德的觀點。當一個崛起的大國與既有的統治強權競爭時雙方所面臨的危險，這種挑戰多數以戰爭告終），一千五百年以來，在十五個案例中有十一個導致軍事衝突的結果[12]。按照當今政治學的說法，這是一種「權力轉移理論」，其中的關鍵在於：當新興強權的力量開始接近原本佔有優勢的強權時，將引發最嚴重的衝突；有些人相信，我們已來到這個臨界點；但我與他們不同，我認為中國的整體力量仍然明顯落後美國。雖然中國的GDP已經接近美國，但人均所得遠遠不及；軍事方面，中國擁有核子武器和不斷擴張的遠洋海軍，也有頗具威脅性的網路潛力，不過整體來說，中國的軍力仍然遠遠落後美國；而且美國在全世界大約有六十個締約盟國，但中國只有北韓一個盟國[13]。《經濟學人》估計，世界上最大的一百五十個國家中，將近有一百個支持美國，只有二十一個反對美國[14]。同時中國沒有海外軍事基地，而美國的海外基地則遍布全球；中國現代化軍事力量的投射能力有限，而美軍則可以隨時部署在全球各地。

然而，這不是說中國的軍力方面沒有巨大的進展[15]，或不會對其他亞洲國家產生潛在或實際的威脅。就像柯慶生（Thomas Christensen）對於人民解放軍所具備「不對稱作戰能力」提出的說法：雖然還有待加強，但仍足以造成困擾；整體來說，**中國與美國的國防軍事能力還有巨大的落差**。**中國在文化上的**

軟實力甚至落後更多；在科學與科技、高等教育，以及不同領域的研發方面也還有待大幅追趕。

基於所有原因，我在上一本書《中國走向全球》（China Goes Global）裡，把中國描述為一個「不完全大國」（partial power）[16]；我不懂為何全球還那麼多人認定「中國強權」這個錯覺[17]。也許很多讀者一定不同意這種看法，認為我是典型的美國式自大與無知；但我並非出自主觀的臆斷，而是以經驗為依據的事實。**在追上美國之前，中國還有很長很長的路要走。即使其他的中等強權也遠超過中國：英國、印度或南韓的軟實力強過中國；日本和德國的創新能力強過中國；而俄羅斯或北大西洋公約組織的整體軍力依舊大於中國。**

事實上，我是第一個認同「感覺」很重要的人，而且「感覺」在國際關係也非常重要。我的博士論文是關於中國如何看待美國[18]，此後我整個學術生涯都一直強調「感覺」所扮演的角色。就像美國的社會學家湯馬士（W. I. Thomas）將近一個世紀前，在一九二八年的深刻觀察：「如果人們感覺情境為真實，那麼情境就是真實的[19]」。因此，現在世界上有如此多的人都感受到中國將會或已經取代美國而成為世界領導強權，就非常重要了。二〇一四年「皮尤全球態度調查」顯示，四十個參與調查的國家中，有二十七個國家的大多數人民相信，中國終究會、或已經取代美國，而成為世界上的領導強權（如圖表5.3所示）。

應該嚴肅看待這個重大發現。**顯然，中國被視為一個世界級的強權，而且預期這個強權只會隨著時間越來越強大**。儘管仍有變數，但我必須再一次強調：如果第一到第四章所描述的負面路線依舊持續，就會迅速磨滅中國目前持續看漲的正面國際形象。事實上，全

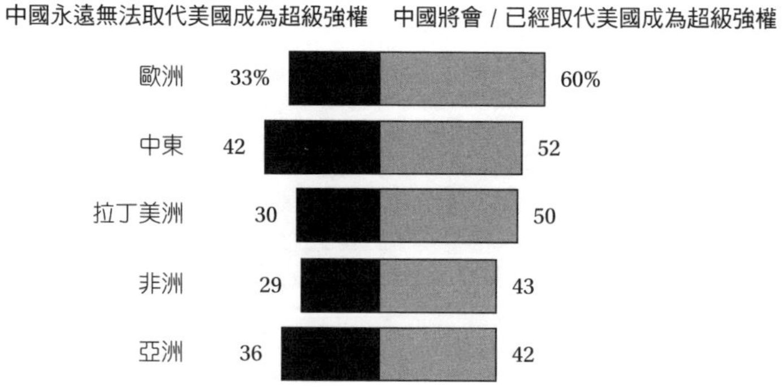

圖表 5.3　對於中國作為全球強權的觀感
（來源：皮尤研究中心全球態度調查，2014 年春天）

球性的調查已經指出這種趨勢：中國介入國際衝突，無疑會玷汙它的名聲；中國的傲慢外交也可能造成損害；中國在開發中國家開採資源也陸續產生越來越多的負面形象。

而美國人對於中國的感覺（如圖表5.4所示），已有一段時間呈現負面趨勢。二○一三年「皮尤全球態度調查」，也發現兩國彼此的不信任度都在上升：在美國，百分之六十八的一般民眾及百分之八十的專家與學者，認為中

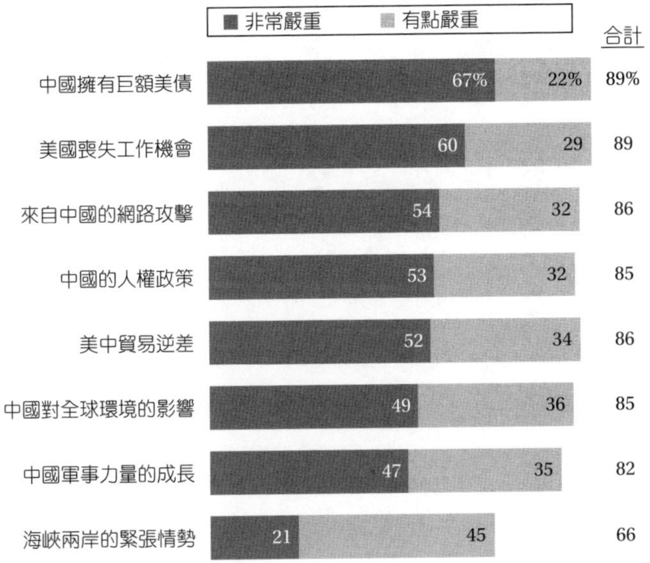

圖表 5.4　美國人眼中的中國，2005—2015 年
（來源：皮尤研究中心全球態度調查，2015 年）

國是「競爭對手」，只有百分之二十六的人認為中國「可以信任」。同樣的調查發現，百分之六十六的中國問卷回覆者認為美國是「競爭對手」，而有百分之十五的人認定美國是「敵人」。所以，兩邊民眾大約有三分之二認定美中的「競爭關係」，這是自二〇一〇年以來的一個顯著改變，當時兩國的大多數民眾對於彼此仍然抱持正面的看法。大致說來，自二〇一二年以來，更多的美國人對中國的負面看法超過正向。

儘管負面感覺日增，中美關係的發展影響全球未來至鉅。這兩個巨人還會在數不清的方面上共舞：戰略、外交、經濟、社會、環保、區域、國際、教育，以及其他的許多領域[20]。這兩個國家是亞太地區和全球的主要強權，各自擁有世上兩個最大的經濟體、最大的國防預算與海軍、兩個世上最大的能源消費與石油進口國、兩個最大的溫室氣體排放與氣候變遷的自主貢獻國、擁有兩個世上最多的博士人數與專利申請數，它們是世界舞臺上絕無僅有的兩大真正全球要角。美國和中國互為彼此的第二大貿易夥伴，雙邊貿易金額接近六千億美元；而中國是美國最大的外籍債權人，對美國的投資正快速成長，二〇一四年的投資金額超過一百二十億美元，雇用人數為八萬人。中國是世界上最大的出口商，美國則是最大的進口商；每天，大約有九千人在兩國間遊走；三十萬的中國留學生在美國的大學求學，而大約有兩萬美國人在中國學習；還有三十八個姊妹省或州，和一百六十九個姊妹城市，聯繫起地區並提供相互交流的機會。有三億中國人在學英文，而有大約二十萬的美國人在學中文。

根據這許許多多的數字，美國與中國密不可分。從社會的層面而言，這種濃稠而綿密的關係，遠比兩國中的許多人民所瞭解的更深。兩國政府不乏互動，有超過九十個雙邊對話機制在運作中，官員們會面機會頻繁。真正的問題不在「流程」，而是「實質」關係。美中之間的關係越來越難找到一個穩定的均衡點，更不用說找到有關未來的正面陳述和軌道。一連串不斷擴張的問題，每天都在傷害雙邊關係。其實，已經有好幾年雙方關係陷入膠著，而且也無法找到共同的基礎，來建立真正持久的夥伴關係。讓雙方黏在一起的「膠水」，似乎就是害怕分開。自從一九八〇年代中期冷戰結束以來，從來沒有一個真正強有力的協定能把兩個國家綁在一起；缺少這樣一個戰略定錨，雙方關係就流於脆弱和一些不重要問題的爭議上。維持亞太地區——世界上最具活力區域的和平、穩定與安全，可以是雙方共同的戰略目標；只是這兩大國的個別態勢，卻是競爭大於互補。

至少過去的十年，雙方整體的互動軌跡穩定朝向和緩，而且在雙方領導人的高層峰會時，還不致於劍拔弩張，這樣的發展軌跡，為美中關係的穩定與改善提供了階段性的希望。但是這些峰會與雙邊會議很快證實其效果短暫，經過幾個月之後，兩個國家就會面對新的震撼，關係再度惡化。自從後天安門時期、一九九七到九八年柯林頓與江澤民峰會重啟兩國對話以來，相同模式一直重複發生。

過去的二十年間，雙方的合作與競爭平衡點不斷轉移，現在則是競爭偏高。其中的原因很多，但最主要是「安全議題」壓過了「經濟議題」。目前，美中關係的主要議題集中在軍事、安全和地理疆界方面——而且幾乎都是一面倒的壞消息。在美國這一邊，過去由商界所主導的「接觸合作」不再是主流；而在少數選區中「競爭合作」的聲浪越來越高。的確，由於在中國境內的美國跨國公司正面臨有史以來最大的官僚阻擾情況，使得營運成本快速增加而縮小利潤，也讓美國商界的口氣轉變了[21]。結果，美國政商界的論述在二〇一五年顯著轉變，當年華盛頓方面由智庫所作的評估與報告，是前所未有的百花齊放，而且幾乎全是負面看待美中關係，都一致呼籲要美國重新評估對華政策，大多建議採行跨越所有領域、更為強硬的政策[22]。二〇一六年總統大選更加凸顯了這個趨勢。**不管誰在二〇一七年一月宣誓入主白宮，成為美國的第四十五任總統**（編按：本書英文版出版時，第四十五任美國總統選舉尚未舉行。後來由唐納・川普勝選，並於二〇一七年一月宣誓就任美國第四十五任總統），**美國對中國的政策將可能進一步「質變」，使雙方關係進一步下滑。這是一個長期趨勢，全球各國都不必太過驚訝**。

雖然出於中國的所作所為才造成雙方關係的磨損，但也必須承認，有一些惡化則源自美國的獨特原因，或許可以說美國對於中國的幻想破滅了。這是美國長達兩個世紀影響中國演變的最後篇章，之前的努力，特別在一九一一到四九年的國民黨統治時期，最終落入「誰丟掉中國」的爭辯，也以尋找代罪羔羊與政治迫害的悲劇收場；在過去兩個世紀以來，一再以重複的模式循環：美國基於「傳教士衝動」試圖改造印象中的中國，但卻因為不瞭解中國本身的複雜性，以及中國頑固不願認同美國的期望，所以只好不斷地重複「失望」[23]。因此最近一輪的希望破滅，更多出於美國對中國不切實際的期望，歷史也許會再次重演。

極端地說，很多讀者可能也會認為過於天真，因為中國的發展並不如一些美國人——包括外交政策圈、政府部門，及許多非政府部門要角所預期的，而且還努力了好幾十年才走到今天的地步。精確來說，自尼克森以來連續八位總統所奉行的「交往戰略」（engagement strategy），主要以三大假設為核心：

一、隨著中國的經濟自由化，政治也會自由化；

二、隨著中國在全球扮演角色的成長，也必然會成為一個「負責任的利害關係人」（responsible stakeholder），這是前副國務卿勞勃・佐立克（Robert Zoellick）的著名說法。所以，中國理當遵守第二次世界大戰以後，美國與西方所創造的全球自由化秩序；美國（以及歐洲）的戰略是將中國納入全球秩序結構之中，也就是眾所周知的「整合戰略」（integration strategy），以便中國能在自由主義模式之下改變，並融入西方所創造的戰後秩序。

三、中國不會挑戰美國所主導的東亞安全架構與秩序，因此中國將是一個「維持現狀」的強權。

很清楚，第一種假設並沒有發生，而且情況剛好相反。當中國的經濟成長力道愈強，在政治與社會方面就更壓抑，而非「更不」壓抑。我在第三章與第四章中，指出了好幾個例子。**今天的中國是一九八九年天安門事件之後，二十五年來打壓情況最嚴重的時刻**。至於第二與第三個假設，我們不曾（至少到現在還沒有）親眼目睹中國對這些區域性與全球性的組織機構，採取正面攻擊。的確，中國並不會採取如此不智的作法，而且中國向來不會以

「正面對決」這種美國式的作風，去處理國家大事。不過，我們卻正在看到北京方面建置了一系列的「替代機構」，清楚表達中國對於西方戰後秩序的不安。例如：由中國與金磚四國所組成的「新開發銀行」（New Development Bank）、「亞洲基礎設施投資銀行」（AIIB）、「上海合作組織」（Shanghai Cooperation Organization, SCO）、「中非合作論壇」（Forum on China-Africa Cooperation, FOCAC）、「中國阿拉伯合作論壇」（China-Arab Cooperation Forum, CACF）、「中國與中東歐領袖會議」（China-Central and Eastern European Leaders Meeting），以及其他。此外，還以每年平均增加百分之十二的預算，支持長達十年的國防現代化計劃[24]，可知中國正試圖改變自一九四五年以來，美國即擁有無敵優勢的亞太地區的安全態勢。中國也經常在言詞上譴責美國的亞太區域聯盟系統；以及針對海上主權爭議，以堅定的行動改變「既定的地面事實」（facts on the ground）；的確，反倒是中國從南海浮出的珊瑚礁上製造土地，直接挑戰美國的關鍵盟友們。

鞏固美國的中國政策超過四十年之久的三個核心假設都正在解構中，而且讓華盛頓方面飽受批評；同樣，北京方面也不開心，因為中國認定美國是對共產黨統治的顛覆性威脅，並嚴重威脅中國的國家安全。中國鷹派比美國鷹派更善於謾罵[25]，在這樣的氛圍下，雙方明明是攬鏡互看，但任何舉動都被視為企圖挑戰對方的核心國家利益，所以不難想像，中美關係破敗的嚴重程度。這也變成了一種「新常態」，中美雙方與整個世界都要習慣；**在下一個十年或之後，美中之間的全面競爭，或許是國際事務上最重要的地緣政治因素**。

因此，美中兩國要承擔的關鍵責任與考驗，就是學著如何「管理競爭」，我稱之為「競爭性共存」（competitive coexistence），就是讓雙方避免走到完全對抗的邊緣與衝突，又能同時擴大真正合作的空間；基本上，兩國之間要達到完全一致的合意，是不可能的幻想。然而，不幸的是兩個國家都沒有劇本來指引如何處理這樣的複雜關係，即使在冷戰期間，也並未發生當前這種相互依賴的情況，而且蘇聯也沒有納入國際秩序之中。亨利・季辛吉（Henry Kissinger）將此設想為他所說兩大強權間的「共同演化」（co-evolution）[26]，但他也下結論說：這需要智慧與耐心。當然，更需要相互的務實、包容與耐心。不過對我來說，今天兩國各自不同的政治文化與現有政治制度、國家認同、社會價值觀與世界觀，是否足以承擔這樣一個戰略性的「大妥協」，前景未明。所以未來，這兩個偉大的國家可能會發現共存愈來愈難，但彼此又必須這麼做；無論多麼困難與焦慮，還是要盡力維繫這一段不能選擇離異的婚姻，因為離婚就等於戰爭。

東方龍與北極熊的新篇章

剛好作為對照，北京與莫斯科正在擁抱雙方六十年以來最好的關係。這是件好事，全世界都應該不會希望這相鄰的兩大強權，繼續困鎖在一九六〇到八〇年代期間，極度危險與不穩定的對抗之中。從一九八〇年代中期開始，前蘇聯領導人戈巴契夫與鄧小平共同規劃了一系列的步驟，相互建立信任以改善彼此關係，並在一九八九年的關係正常化時期，達到最高點。雖然在蘇聯瓦解之後，經歷一小段中斷，但雙方仍持續努力以減少摩擦並重建連結；後來在一九九〇年代中後期，達成一系列的雙邊協議，而其中最重要的是二〇〇一年的《中俄睦鄰友好合作條約》（Treaty of Good Neighborliness and Friendly Cooperation），然後在二〇〇五與〇八年時，移走最終的障礙，雙邊協議正式劃定兩方爭議多時、長達四千三百公里的共同國界。

在過去十年中，中俄關係明顯成長；雙方貿易從二〇〇三年微不足道的一百億美元，增加到二〇一四年時幾乎達一千億美元，二〇一五年時則因為能源與商品價格下滑而回跌；雙方還設定了在二〇二〇年之前，達到兩千億美元的目標。雖然，這還比不上中國與歐盟、美國、日本、南韓或東協集團的國家貿易層級，但也已經達到相當可觀的水準；只要中國的經濟與能源需求繼續成長，雙方的經貿往來就會繼續穩定成長。中俄有著重要的經濟上的互補性——俄羅斯有石油、天然氣與原物料，而中國可以提供科技與消費性產品；但是，如果中國進口能源與原物料的需求，因為緊縮的工業經濟而下降，雙邊貿易也會隨之下降。俄羅斯的經濟緊縮也是一個因素。俄羅斯也賣武器並移轉國防科技給中國，但軍事國防貿易金額已經從每年三十億美元的高點，大幅滑落到今天的十億美元以下。此外，還有一個在俄羅斯遠東地區（東西伯利亞）與相鄰的中國東北，包含兩百零五個「重大合作項目」的綜合開發計劃，雖然有待實質進展，但已經定案。實際上，中俄經濟方面的關係廣泛涵蓋許多層面。

中俄外交上的關係前景看好，兩位領導人普丁與習近平每年舉行兩次峰會，而且二〇一五年紀念二次大戰結束，在莫斯科與北京所舉行的閱兵大典中，互為對方的貴賓。這兩位威權領導人對許多國際事務的看法相當一致，在對抗美國與北大西洋公約組織方面也有許多共同點；他們經常在聯合國安全理事會攜手合作，特別在討論對第三國的軍事干預時，無懼於否決其他安全理事國（美國、英國與法國）的決議。兩國也經常舉行聯合軍事演習，包括最近在地中海與日本海所舉行的史無前例的海軍演習。雖然普丁在二〇一五年干涉敘利亞、二〇一四年併吞克里米亞，以及二〇〇八年涉入喬治亞內戰的舉動，惹惱了北京，但北京方面卻從未發表過公開譴責。

除了這些共同利益和戰略上的協調以外，中俄之間還存有許多歷史上的疑慮和新時代的煩惱。**在莫斯科，有一個在決策圈中即將爆發的檯面下爭論：**

中國對於中亞的長期企圖，和中國是否會為了自己的戰略與發展目標，而操縱俄羅斯[27]。對於這種關係，有些觀察家認為，這完全是戰術上的和權宜性的；他們預測歷史所遺留下來的不信任，將會再次浮現，使得兩大歐亞強權相互對抗[28]。其他的觀察家則認為，目前的正面關係，是一個超越權宜性的婚姻關係，走得很深，而且很可能會在未來持續一段時間。就像美中競爭關係，在未來的十年或幾十年，終將會是國際關係中一個未定因素一樣，**中俄用來對抗美國與西方自由秩序的策略夥伴關係，也類似將會成為全球地緣政治中的一個核心特色。因此，策略上的三角關係，也許就要回來了**。

佳偶或冤家——中國與歐洲

在過去二十年，中歐關係有點像坐雲霄飛車[29]，兩者關係的演化，又有點像一對新婚配偶，雙方非常羅曼蒂克地為彼此著迷，對於兩者的關係有著無限的想像；然後，因為密集的互動反而帶來意外的摩擦與失望，關係進入考驗階段；經過短暫的疏離之後，最終雙方務實地找出共同基礎，決定長相廝守。

從冷戰結束，和前東歐黨國體制在一九八九年到二〇〇六年解體，中國與歐盟層級的雙邊與多邊關係發展得快速又全面，密集關係跨越所有領域：商務、外交、教育、文化、科學，以及其他方面，唯一缺乏的是國防與安全方面的連結，主要由於歐盟武器禁運，和一九八九年後禁止與中國軍方打交道，但是單獨在太空計劃方面，兩者保持合作。由經濟關係帶頭，雙方貿易量成長了六倍；到二〇一〇年為止，若以量來看，歐盟整體已經成為中國最大的貿易夥伴；而中國對歐洲貿易，則在美國之後，排名第二。歐盟也是中國的最大援助貢獻者。到二〇〇三年時，雙方更進一步宣佈「全面戰略夥伴關係」（comprehensive strategic partnership）。

然而，這只是雙方關係的蜜月期，就像所有的婚姻一樣，互動愈多，無可避免出現愈多的差異和衝突。經過了十年的甜言蜜語和擴大聯繫之後，在二〇〇六到一〇年間，關係轉淡了。二〇〇六年十月在布魯塞爾的歐洲議會，發表了一篇批評尖銳的政策報告，要求中國針對非常廣泛的問題接受檢驗。當發表報告時，我在布魯塞爾的會議室中，親眼目睹中國代表在讀到這份文件時面露震驚[30]。北京方面當然表達了不悅，隨後爆發了與捷克、丹麥、法國、德國與英國的雙邊摩擦。

歐洲民眾對中國的看法，開始下滑，並成為世界各國對中國意見最負面的地區，直到現在仍然如此。歐洲的媒體與智庫也配合發表批評文章與研究[31]，而各國議會也開始針對本國與中國的關係展開辯論，歐盟官員也越來越直言不諱地批評中國。二〇一〇年初，歐盟的駐中國大使賽日・安博（Serge Abu）在與我的一次訪談中，談到他的觀察：「我們與中國處在一個不愉快的狀態中。歐盟與中國之間，深感一種共同的挫折。中國對於我們關切的議題，完全沒有回應或協助。中歐之間的對話，更像是各說各話[32]。」

惡化的情況一直持續到二〇一一年，當時雙方都採取了主動的做法，試圖穩定並重建關係，於是，經濟再次掛帥。自從二〇〇八年全球金融危機以來，歐洲發現自己陷入經濟停滯當中；所以，中國對於歐盟的經濟復甦與成長越來越重要，甚至有些人認為攸關歐盟存亡。雙邊的貿易金額每天高達十億歐元，二〇一四全年總金額還達到了四千六百七十三億歐元，相當於五千二百七十七億美元[33]。二〇〇九年之後，中國在歐盟的投資，激增到四百九十億歐元，也就是五百五十三億美元[34]。如此快速的投資增加比例，也將會在下一個十年當中繼續。中國的投資者在歐洲大陸搜尋的目標是不動產、潛在可購併的公司，以及其他投資機會。英國是其中的首選，中國保證在二〇一五與二五年之間，單單在基礎設施方面就要投資一千零五十億英鎊，也就是一千六百二十億美元的金額[35]。中國留學生也如洪水般流入，整個歐盟超過二十萬人，光在英國就有十五萬人。與美國相比，歐洲的學費要低得多，而且取得學位所需的時間也短得多。中國也開啟了一波文化交流計劃，企圖修復在歐洲社會中的負面觀感。歐洲所有主要國家的領導人都常態性到北京進行朝聖之旅，德國總理梅克爾還去了九次；而中國總理李克強與國家領導人習近平，則展開高姿態的回訪。中國與歐洲在外交上的接觸密集，屬於歐盟層級的，有超過六十個政府間對話機制和年度高峰會。**歐盟與中國間不乏交流與方法，只不過歐洲政府普遍感覺「對話疲乏」。因為歐盟持續武器禁運的政策，導致國防和安全交流不足。在歐洲，西藏問題與中國的人權記錄當然也是**

個敏感問題。

展望未來，我們可以期待商業會繼續強化中歐關係，會有許多經濟上的互補，能讓雙方持續合作，但兩邊的商業關係並不對稱。歐洲的跨國企業在中國面對投資與營運障礙增加的難題，在北京的「中國歐盟商會」認為目前和未來的前景日趨黯淡[36]。歐洲在二〇一四年一千三百七十七億歐元（一千五百五十五億美元）的貿易赤字，也令人憂心。雖然有這個摩擦點，但雙方並不像美中關係，因台灣問題或在亞洲戰略上的議題而煩惱；歐盟也沒有如過去那般，對中國在全球治理上的角色預設立場。北京方面在懲罰了幾個與達賴喇嘛見面的歐洲國家之後，似乎為西藏問題成功劃出了界線，至少讓現在的歐洲領導者們不去跨越。種種原因，使得雙方專注於商業與其他的交流；目前雙方已經度過了婚姻中的考驗，而且找到了更務實與更成熟的互動方式[37]。

南半球：兄弟關係或新殖民主義

開發中國家一直在中國的外交政策中佔有特殊地位。回溯一九五四年「日內瓦會議」（Geneva Conference）所談到的中南半島，與一九五五年在印尼萬隆（Bandung）所舉行的「亞非會議」（Afro-Asian Conference），中華人民共和國長久以來，就將與開發中國家的關係列為優先。這種優先順序，是基於一種共同歷史，以及這些國家對抗帝國主義和殖民主義的鬥爭中所產生的相互認同感；也可以說，中國與毛澤東所稱的「第三世界」產生連結的最初動機，是出於這種概念；但很快地，從概念發展成為一種意識形態，使得中國在一九六〇到七〇年代期間開始積極提供武裝、訓練以支持諸多開發中國家的「民族（國家）解放運動」。一九六四年周恩來總理在非洲訪問時，宣稱這塊大陸的「革命時機已經成熟了」。北京方面企圖「輸出」革命到這塊偏遠的大陸，起義並推翻現有的政府，顯然是一種「顛覆現狀」的舉動。中國還特別疏遠了在東南亞的鄰居，這些鄰居長久以來就對中國不信任，直到今天都還沒有完全化解。

雖然中國在一九七〇年代末期放棄輸出革命，但開發中國家仍然是北京方面在外交、文化連結、商業與日增的安全事務中的高度優先考慮對象。在像聯合國這樣的多邊性組織中，中國與開發中國家在聯合國大會的投票，大約有百分之八十的比例都站在同一邊[38]。中國成立了許多不同的國際性機構、區域性組織與對話團體，像是由中國、巴西、俄羅斯、印度與南非共同組成的「新開發銀行」；「亞洲基礎設施投資銀行」（AIIB）、「上海合作組織」（SCO）、「中非合作論壇」（FOCAC）、「中阿合作論壇」（CACF），以及「中國與拉丁美洲暨加勒比海國家共同體論壇」（China-Community of Latin America and Caribbean States Forum）。中國最大的倡議之一，是所謂的「一帶一路」計劃，雖然目前尚未成立組織，但以興建基礎設施與商業「銜接」，從中國西北部跨越歐亞大陸，與中國東南部到非洲和地中海東岸的經濟帶。透過倡議，中國正在精心建置一個替代性、又平行於戰後西方秩序下的全球性架構；其動機除了來自北京方面長期不滿於從二次大戰之後所感受到的親西方國家的偏見，當然更期望能在開發中國家有更大的發言權。北京將此目標描述為「國際關係的民主化」，以及建立一個「多極的」世界秩序。

至於雙邊外交，中國政府花費了相當多的時間與資源，來耕耘和建立與開發中國家的關係。每年都有一定人數的開發中國家領導人穿梭於北京的人民大會堂；而中國的領導人和最高層級官員也經常到東南亞、南亞、中亞、非洲、中東、拉丁美洲與加勒比海地區訪問。針對所有這些地區與國家，近年來中國大大展現財務資源上的慷慨，北京方面跨區域在撒錢，或至少承諾要撒錢的有：亞投行的五百億美元、絲路經濟帶的四百億美元、海上絲路的二百五十億美元、新開發銀行的四百一十億美元（包含在一千億美元的創立資本中）；此外，北京還承諾了對拉丁美洲二千五百億美元的投資，以及對亞太地區一兆二千五百億美元的投資，兩者都是在二〇二五年之前要兌現的。中國的援助計劃既是好事也很值得注意，從每年的支出來看，中國對澳洲、荷蘭或丹麥的援助每年只有三十億美元，但有更多的資金是以貿易順差、培訓計劃，以及基礎建設的形式呈現，這些都沒有列在官方開發援助方案的帳目上。中國的軍事預算也有鉅額海外援助，隱藏在其他部會預算之中的，像是衛生部、教育部、農業部、外交部、中國輸出入銀行、中國開發銀行等，而商務部更是毫不掩飾地作為領頭機構。

雖然中國「無附帶條件」的援助計劃，因為沒有遵照「經濟合作暨發展組織」（OECD）的「開發援助委員會」（Development Assistance Committee）所建立的捐助標準，而招致西方國家以及一些國際性機構的批評，但無論如何，對於有需要的國家來說，中國的開發援助貢獻良多，中國填補了世界銀行以及其他的區域性開發銀行所無法提供的空缺；光是非洲，中國就宣稱完成了九百項專案、二千二百三十三公里的鐵路、三千三百九十一公里的公路、四十二座體育場館，和五十四家醫院；派出一萬八千名醫療與公衛人員、三十五萬名技術人員；協助培訓超過三萬名在不同領域的非洲人民，而且為三萬四千名非洲學生提供政府資助的獎學金[39]。中國在公共衛生、高等教育、職業技能訓練與農業方面等工作，特別值得讚賞。

另外一個中國與開發中世界連結的主要元素是貿易，而且持續成長。從二〇〇〇到一〇年，中國對亞洲未開發地區的貿易成長了四倍，對非洲是百分之六十六，對拉丁美洲是百分之七十三，而對中東是百分之七十五。雖然這個比例相對於中國的全球貿易量並不起眼，但這些地區對中國的外銷市場越來越重要。中國對非洲和拉丁美洲兩地的貿易，兩者都超過了每年二千億美元；中國商品外銷到這些地區的金額還在成長，從汽車到卡車，從可攜式消費產品到應用科技，特別是通訊設備，中國找到許多不同產品的利基市場。隨著目前中國在開發中地區享有相對優勢，這種發展趨勢可望持續，在未來還會長足發展。不過推動貿易的主要力量還是靠進口，因為中國現在高度依賴進口原物料商品與能源，來點燃工業發展。一九九三年中國跨過門檻，成為石油淨輸入國，現在則是世界上最大的石油進口國；二〇一〇年中國超過一半的能源消耗來自進口，當年每天平均要消耗九百二十萬桶原油，其中四百八十萬桶靠進口，全國要支出一千三百八十五億美元；自二〇〇二年以來，中國的石油消耗每年成長大約百分之八。國際能源署預測，到二〇三〇年中國的石油需求會上升到每天一千六百六十萬桶，而進口數字會達到每天一千二百五十萬桶[40]；但是中國工業經濟放緩，勢必影響這些預測。二〇一四到一五年的景氣下滑，已經明顯減少了某些商品的進口數量，甚至引發國際價格的急速下跌。如果政府能夠依照「再平衡」策略，轉型到一個新的成長與發展模式（見第二章），將會對減少進口需求有所貢獻。

但中國在開發中國家的地位，得來並非沒有可議之處。對於能源和原物料的攫取，引來對中國「新殖民」式（neo-colonial）**行徑的批評**；尤其非洲人一定會說：我們以前就看過這樣的場景；目前估計有一百萬的中國人和八千個商業組織，長居非洲或在非洲運作[41]，因為到非洲居留的中國企業與人口龐大，加劇了當地民眾的不滿。

雖然全球性的調查報告中，顯示中國整體的「受歡迎程度」，仍然相當強勁而正面，但最近幾年來，隨著中國的商業地位擴張，反而出現了一個值得注意的下跌數字。這是皮尤全球態度調查所作關於中國在非洲與拉丁美洲的軟實力調查，發現一個令人驚訝的結果，就像圖表5.6所顯示，除了奈及利亞之外，在十三個非洲與拉丁美洲國家中，中國的軟實力受歡迎程度有十二國顯著呈現負面。相反的，在同一個調查中顯示，一面倒正面肯定美國的軟實力[42]。

這個調查證實了另一個有趣的傳聞：中國早期擁有的吸引力也許正在消失。果真如此的話，也蠻符合我們在亞洲和歐洲所目睹的相同情況；或許，這就是成為全球強權的代價——並不是每個人都愛你！

中國軍事力量持續上升

不像中國在世界各地仍然極為柔軟的軟實力[43]，中國的硬實力與日俱增，而且紮紮實實地表現在二〇〇九年十月一日與二〇一五年九月三日在天安門廣場的大規模閱兵中。前者是紀念中華人民共和國成立六十周年，後者是紀念第二次世界大戰結束七十周年。

	中國的音樂、電影與電視			中國的想法與風俗在當地的傳播		
	喜歡 %	不喜歡 %	不知道 %	喜歡 %	不喜歡 %	不知道 %
阿根廷	11	68	21	28	55	17
玻利維亞	37	44	19	30	51	19
巴西	19	75	6	36	58	6
智利	25	50	25	27	57	16
薩爾瓦多	28	61	11	37	50	13
墨西哥	19	56	25	27	55	18
委內瑞拉	38	58	4	37	51	12
迦納	42	51	6	31	60	9
肯亞	36	45	19	54	34	11
奈及利亞	54	32	14	58	24	18
塞內加爾	32	54	14	62	25	14
南非	22	60	19	37	46	17
烏干達	28	46	26	31	46	23

圖表 5.6　中國軟實力在開發中國家的吸引力
（來源：皮尤研究中心全球態度調查，2013 年 7 月）

中國的軍事力量並非一種新現象，而是在過去四分之一個世紀中，穩步建立起來。拜經濟景氣所賜，中國的國防工業複合體成為每年年度預算都在成長、甚至超過GDP成長的受益者。從一九九八到二〇〇七年，中國的GDP平均成長率為百分之十二．五，但官方的國防支出成長，卻達到平均百分之十五．九[44]，在此之後，年成長率穩定落在百分之十與十二之間；到了二〇一五年，中國的國防預算是世界第二大，達一千四百五十億美元之多；這是官方正式宣佈的數字，其他的預估則認為，真正的成長數據介於百分之五到五十之間。假設每年增加百分之十，中國的官方國防支出預計將在二〇二〇年達到二千一百七十五億美元，在二〇二五年達到二千九百億美元（如圖表5.7所示）。

所有這些投資都買到了令人印象深刻的硬實力，中國地面軍隊的人數減少，增加了機動性與多功能性，而且與其他軍種的聯合作戰能力更強。人民解放軍的空軍在質的方面也有明顯改善，汰換上千架的舊飛機，增添新一代的戰鬥機與運輸機，並獲得空中加油的能力，更強的空中指揮與控制系統，以及更為嚴格的訓練方案。就像前面所提，中國人民解放軍的海軍備受青睞，並且受惠於大量的新一代水面戰艦與潛艇；也新增了海軍陸戰隊的編制。戰略導彈部隊，或稱「第二砲兵部隊」，也因科技的提升與現代化而獲益，配備了多彈頭導彈（multiple warheads, MIRVs）；能夠製造短程與中程彈道飛彈的兵工廠，在數量方面增加了，而且精準度也改善了；至於洲際戰略武器，若按照中國的國防戰略白皮書上所說，「他們將會加強戰略上的嚇阻與核子反擊能力，以及中到長程的精準攻擊能力[45]」。

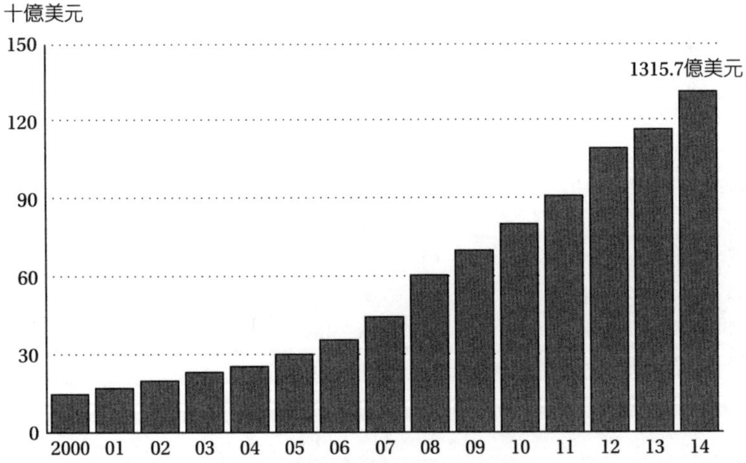

圖表 5.7　中國的軍事支出（2000—2014 年）
（來源：國務院新聞辦公室、路透社）

總而言之，中國擁有前所未有的強大軍事力量，並以現代化的穩健步伐，和目標明確的方向，照著戰略規劃執行；而且沒有跡象顯示，建軍計劃會在接下來的十年和之後，停止執行[46]。中國軍隊的現代化，應該不致受到國內經濟下滑或其他動盪事件的影響。在中國也沒有證據顯示，會發生「國防對抗民生」之類的議題爭辯。

但是，這種種進展卻也讓人注意到，**從一九七九年之後，人民解放軍還不曾有過真正的作戰經驗**。分析家們也還注意到中國軍事工業複合體、人民解放軍的訓練方案、後勤補給系統、以及「軍事指揮自動化系統」（C4ISR）——指揮（command）、管制（control）、通信（communications）、資訊（computers）、情報（intelligence）、監視（surveillance）和偵查（reconnaissance, 以上簡稱為「指管通資情監偵」）的能力，等種種問題，而且軍中還普遍存在嚴重的貪腐問題，僅僅二〇一五年間，就有四千零二十四位軍官，其中包括八十二位將軍，在反貪腐運動中遭到逮捕，甚至還有兩位前中央軍事委員會的副主席[47]。換言之，**當中國的軍事硬體明顯改善之時，軟體卻仍然是落後的**。

戰爭或和平——中國未來對世界的影響

不管中國未來的路線如何發展，它的軌跡必然會產生全球性的影響力。在前面的章節中，我描述過未來十年和之後，中國的經濟、社會與政治，可能採取的幾種不同路線選項。精確的說，這些都會在激辯之後沉澱為**兩個最有可能的選項——硬威權與軟威權；以及其他兩個比較不可能的選項——新極權與半民主**。至於中國的外交關係，無論硬或軟性的威權主義，對中國在區域與全球的立場，實際上應該都不會造成太大的差別。不過，若談到對外關係，我預期中國的舉動不會有太大的變化，並不會受到這兩種未來路線的選項所影響。切記，**外交政策是維護中國共產黨統治權力的重要手段，也是這個執政當局是否具備合法性的源頭**。**不管在硬或軟性的威權主義之下，中國的對外關係都會被用來支撐政權**。當中國的民族主義繼續成為當局執政合法性的關鍵支撐時，那麼一些強調民族主義的作法，也將會增加。

假如中國採取其他兩個更為獨特的路線的話，不管是新極權式或半民主式，影響將會更大。設想中國若是回到了一個新型態的專制路線，將會和許多國家，特別是西方與亞洲各國，製造出更為強烈的緊張關係。於是，在國內以更大力度進行政治打壓與經濟管控的同時，可想而知，也將伴隨著在亞洲，或是亞洲以外的地區，提高軍事侵略的威脅。

若換成另外一種選擇，**如果中國跌破世人眼鏡，朝向新加坡式的民主路線轉型，基於對民主國家本質上的信任，從而能夠緩解與亞洲和西方國家潛在的緊張關係**。我瞭解對某些人來說，這是頗具爭議的論點，但我是「民主式和平」的擁護者，我認為民主國家鮮少與民主國家對抗。公開透明與責任政治是民主的兩大基石，信任由內而起，而在這樣的劇情發展之下，中國將可成為自由民主俱樂部裡受歡迎的成員，當然同時也要認可、尊重，和履行聯合國憲章中有關公民與政治權利的規定，而這是北京方面到現在都還做不到的事。更廣泛的說，如果上述假設成立，中國將會更加尊重並遵循全球自由體制中的全部規範[48]；而且以遵守自由體制規範為前提，北京可能就不會再展現對全球治理的搖擺不定[49]。當中國採行這種半民主式的政治制度，連同所有在第四章中所描述的特色，將可消除中國與其他自由國家（特別是美國）的核心緊張情勢，並跨出大步。

不過，這種路線對於解決或緩和中國與另一個民主國家——日本之間的緊張，卻沒什麼幫助，因為日本在第二次世界大戰期間的侵略，和戰後的死不認錯，讓中國無法諒解；何況，除非中國放棄自己的主張，中國也還有與其他鄰國疆界爭議的問題，即便中國朝向民主化，也無法鬆動它民族主義自豪的超級強權認同感。一個半民主化的中國，則可能會更接近一個國際的軍事與外交強國；當中國分享對於世界秩序共有的自由前提與作法，理應有助於和緩中國與其他許多國家潛在的戰略上的不信任。一個半民主化的中國，除了對中國境內各種不同的公民角色，給予更人道與寬容的政策之外，人們當然也可以假設中國會對西藏與新疆，採取更為寬大與包容的方式。只不過可嘆的是，這種形式的中國，在下一個十年出現的機率，很不幸，是極為微小的！

我們該要考慮的一個關鍵變數是，在接下來的幾年當中，中國的國內形勢如何發展。這對中華人民共和國的領導者，是否能夠有效處理對外關係，有很大的影響。一個更有信心的領導團隊，不會對內部問題預設立場，才能放手去追求對外的野心，然而這是美國與其他國家所不樂見的；反而一個比較沒信心的領導團隊，忙於對國內問題指指點點，當然更不可能對外採取行動。特別要注意的是，那些關於「轉移注意力的戰爭」研究文章中所指出的，在國內有孤立危機的領導人（特別是在專制國家中），經常會以激起國外衝突的方式，來爭取國內的支持；而在中國，基於已然高漲的民族主義，這並非不可能發生。

假設，中國與美國，或中國與一個還是數個鄰居之間的戰爭，不會爆發的話，那麼我預測，中國在亞洲和較廣泛的國際區域上，形勢看起來會很像維持現狀。然而，不但不能低估戰爭的可能性，反而事實上，可能性的機率還蠻高的。一次意外的軍事事件就很可能引發衝突，而如果缺乏高層次的折衝和機制來控管的話，情勢就會很快升高。說不定，這個可能性就發生在中國面對的日本、北韓、台灣，或幾個東南亞鄰居，或印度；一旦上述情況發生，美國應該會很快捲入對抗中國的衝突之中；甚至，中國就直接衝著美國而來。可能與中國開戰，是一個等著要發生的黑天鵝事件；我評估的發生機率，要比很多人評估的高出很多，特別是由中國與鄰國，和（或）與美國之間的小規模軍事衝突所引發；所以，我們不應該只因為不知道何時會發生，就假設不會出事。在東亞，戰略的緊張情勢已經很高了，而且還在升高之中，這些都與中國有關。

展望未來，無論中國如何選擇路線，中國在世界上的角色重要性，預期只會增加，不會減少。剩下的問題是，中國與世界會相處得更好，還是更壞？我們所假設的兩條路線——新極權主義與硬威權主義，可望讓中國的對外關係惡化；而另外兩條路線——軟威權主義或半民主制度，則可以變得更好。如果中國選擇後兩條路線之一，那中國領導當局會有較大的機會，取得雙贏的結果——增加國內成功改革的機會，並增進與國際合作關係。

註解

前言

1 有關這方面的許多著作，都收錄在沈大偉主編的《中國導讀：崛起的強權》（The China Reader:Rising Power）（牛津與紐約：牛津大學出版社，2016 年）。對於中國的未來，之前的研究中，可在羅傑・厄文（Roger Irvin）的《預測中國的未來：掌控優勢或崩潰?》（Forecasting China’s future:Dominance or Collapse?）著作中，找到一個有趣的評估（倫敦：羅德里奇出版社（Routledge），2015 年）。若想瞭解中國對其未來的感覺，可參見丹尼爾・林曲（Daniel C. Lynch），《中國的未來：中華人民共和國菁英辯論經濟、政治與外交政策》（China’s Futures:PRC Elites Debate Economics, Politics and Foreign Policy）（加州史丹佛，史丹佛大學出版社，2015 年）。

2 羅傑・厄文（Roger Irvin），出處同上。

第一章

1 新華社：《總理說：中國對於維持成長具有信心》，2007 年 3 月 16 日：http://news.xinhuanet.

com/english/2007-03/16/content_5856569.htm.

2 李克強政府工作報告，2015 年 3 月 16 日對第十二次全國代表大會第三次會議的報告：http://news.xinhuanet.com/english/china/2015-03/16c_134071473.htm.

3 習近平說明「中共中央關於全面推進依法治國若干重大問題的決定」，新華網，2014 年 10 月 28 日：http://cpc.people.com.cn/n/2014/1028/c64094-25926150.html.

4 裴敏欣所著《中國綁手綁腳的轉型－發展性專制政治的侷限》（China's Trapped Transition:The Limits of Developmental Autocracy）（麻州劍橋市，哈佛大學出版社，2006 年）。

5 見：http://www.china.gov.cn/china/third_plenary_session/2014-01/16/content_31212602.htm.

6 對於三中全會的一個評估，見拙著《中國改革計劃的剖析》（Breaking Down China's Reform Plan）（國家利益雜誌 The National Interest，2013 年 12 月 2 日）。http://nationalinterest.org/commentary/breaking-down-chinas-reform-plan-9476. 本段討論出出處。

7 美中貿易全國委員會（US-China Business Council, USCBC）中國經濟計分卡：https://www.uschina.org/reports/china-economic-reform-scorecard-february-2015

8 中國歐盟商會，北京建議書 2015/2016 年：http://www.europeanchamber.com.cn/en/publications-local-position-paper

9 裴敏欣《中國綁手綁腳的轉型－發展性專制政治的侷限》（China's Trapped Transition:The Limits of Developmental Autocracy），同前所引用。

10 伊恩・布雷默（Ian Bremmer）所著《J 曲線：瞭解國家為何上升與沒落的新方法》（The J-Curve:A New Way to Understand Why Nations Rise and Fall）（紐約賽門舒斯特出版社 Simon & Schuster, 2006 年）。特別要看第六章關於中國的部份。

11 戴倫・艾塞默魯（Daron Acemoglu）與詹姆斯・羅賓森（James A. Robinson）所著《國家為什麼會失敗》（Why Nations Fall）（紐約皇冠商業出版社（Crown Business），2012 年）。

12 西摩爾・馬丁・李普塞（Seymour Martin Lipset）所著《政治人》（Political Man）（馬里蘭，巴爾迪摩：約翰霍普金斯大學出版社，1963 年）；華特・羅斯托（Walter W. Rostow）所著《政治與成長階段》（Politics and the Stage of Growth）（劍橋：劍橋大學出版社，1962 年）；奧甘斯基（A. F. K. Organski）所著《政治發展的階段》（The Stages of Political Development）（紐約：阿佛瑞德・克諾夫出版社 Alfred Knopf, 1965 年）；以及大衛・艾普特（David Apter）所著《現代化政治學》（The Politics of Modernization）（芝加哥：芝加哥大學出版社，1965 年）。

13 山謬爾・杭亭頓（Samuel Huntington）所著《變動社會中的政治秩序》（Political Order in Changing Societies）（紐海芬：耶魯大學出版社，1968 年）。

14 出處同上，第 424 頁。

15 茲比格涅夫・布里辛斯基（Zbiniew Brzezinski）所著《大失敗：二十世紀共產主義的誕生與敗亡》（The Grand Failure:The Birth and Death of Communism in the Twentieth Century（紐約：查理士・史克布納父子出版社（Charles Scribner & Sons），1989 年），特別要看第 24 章。事實上，在布里辛斯基的分析中，墮落與貪腐，長期以來都是在蘇聯集團很明顯可能會發生的事情，他在 1960 年代末期的著作中就已經指出來了。布里辛斯基最早在 1956 年他與卡爾・佛萊德曲 Carl Friedrich 合著的經典《極權獨裁與專制》（Totalitarian Dictatorship and Autocracy）（麻州劍橋：哈佛大學出版社）中，就提出這個看法。十年之後，他再次在《蘇維埃政治制度轉型或崩潰?》（The Soviet Political System:Transformation or Disintegration?）論文中，提出這種可能性。見《共產主義問題研究》（Problems of Communism）雜誌，1966 年一至二月號，第 1-15 頁。

16 參見查爾斯・顧成（Charles Kupchan）《不屬於任何一個人的世界：西方，崛起中的其他國家與即將到來的全球浪潮》（No One's World:The West, the Rising Rest, and the Coming Global Turn）（紐約：牛津大學出版社，2013 年）；伊恩・布雷默（Ian Bremmer）所著《每個國家都只為自己：當無人領導世界時會怎樣?》（Every Nation for Itself:What Happens When No One Leads the World?）（紐約，企鵝出版社，2012 年）。

17 國家情報委員會的《2030 年全球趨勢：不一樣的世界》（Global Trends 2030：Alternative Worlds）（華盛頓特區：國家情報委員會，2012 年）。

1 沈大偉所著《中國走向全球化：局部強權》（China Goes Global:The Partial Power）（紐約：牛津大學出版社），參見第 5 章。

2 見「中國的第十二個五年規劃」（China's Twelfth Five-Year Plan）（英文版）：http://www.britishchamber.cn/content/chinas-twelfth-five-year-plan-2011-2015-full-english-version

3 世界銀行與中華人民共和國國務院發展研究中心發表的《二〇三〇年的中國：建造現代、和諧、有創造力的高收入社會》（China 2030：Building a Modern, Harmonious and Creative China）（華盛頓特區：世界銀行，2013 年）。

4 參見丹尼爾‧羅森（Daniel H. Rosen）的《避開死巷：中國的經濟翻修與其全球性意涵》（Avoiding the Blind Alley:China's Economic Overhaul and Its Global Implications）（紐約：亞洲社會政策研究院 The Asia Society Policy Institute，2014 年）。

5 黃路（Keira Lu Huang 音譯）發表《習近平的改革面對難以想像的抗拒》一文，2015 年 8 月 21 日中國官方媒體南華早報以「震怒的」語氣評論：http://comments.caijing.com.cn/20150820/3951173.shtml

6 參見美中貿易全國委員會發表的《美中貿易全國委員會中國經濟改革計分卡——小幅度改善，影響仍然有限》，2015 年 6 月：出處同上。https://www.uschina.org/reports/uscbc-china-economic-reform-scorecard-september-2015（2015 年 9 月）

7 參見巴瑞・諾頓（Barry Naughton）的論文《經濟再平衡》（Economic Rebalancing）收錄於賈克斯・迪拉索（Jacques deLisle）與艾佛利・高史坦（Avery Goldstein）編著《中國的挑戰》（China's Challenges）（費城：賓州大學出版社，2015 年）。

8 我要向大衛・魯賓（David Lubin）表達謝意，他對於「再平衡計劃」的研究，時機掌握得很好。

9 我要對彼得・布特勒（Pieter Bottelier）的這些想法表達感激。

10 http://data.worldbank.org/indicator/NY.GDP.PCAP.CD

11 見諾頓（Naughton）《經濟再平衡》，同前引用，第 117 頁。

12 見胡永泰（Wing Thye Woo）《威脅中國的中等收入陷阱主要形態》（The Major Types of Middle Income Trap that Threaten China）。出於胡永泰，明路（Ming Lu），傑佛瑞・薩其（Jeffery D. Sachs）與趙成（Zhao Chen）編著《中國的新經濟成長引擎：不重複作更多事情以逃離中等收入陷阱》（A New Economic Growth Engine for China:Escaping the Middle Income Trap by Not Doing More of the Same）（倫敦與新加坡：皇家學院出版社與世界科學出版社 Imperial College Press and World Scientific Publishing，2012 年）。

13 陳昌盛（Chen Changshen）與何建武（He Jianwu）所著《一個十年的展望》（A ten-Year Outlook），出自李志軍（Li shijin）與國務院中長期成長項目團隊的發展研究中心《中國的下個十年：重建經濟動能與均衡》（China's Next Decade:Rebuilding Momentum and Balance）（香港：里昂證券出版部 CLSA Books，2014 年）。

14 彼得・布特勒（Pieter Bottelier）《中國的經濟在重新平衡嗎?》（Is China's Economy Rebalancing?）中引此為證，見卡特中心（Carter Center）大會上的演講，「中國的改革——機會與挑戰」（China's Reform – Opportunities and Challenges），2015 年 5 月 6-7 日。

15 訪問，2014 年 12 月 12 日於北京。

16 杜大偉（David Dollar），《中國的再平衡：東亞經濟歷史的課題》（China's Rebalancing:Lessons from East Asian Economic History）（華盛頓特區，約翰・桑頓中國中心（John Thornton China Center）工作文件系列，2013 年 10 月），第 11 頁。

17 高盛投資策略集團（Goldman Sachs Investment Strategy Group）《新興市場：當浪潮退去時》（Emerging Markets:As the Tide Goes Out），2013 年 12 月，第 26 頁。

18 參見例如，尼可拉斯・拉迪（Nicholas Lardy）的《中國危機的假警報》（False Alarm on a Crisis in China）（紐約時報，2015 年 8 月 26 日）。

19 經濟學人（The Economist），《栽跟頭》（Taking a Tumble），2015 年 8 月 29 日，第 20 頁。

20 詹姆斯・阿迪（James T. Areddy）與魏玲玲（Lingling Wei），《中國大減速》（China's Big Down-

Shift）（華爾街日報，2015 年 8 月 26 日，A9 版）。

21 參見偉德・薛伯德（Wade Shepard）《中國的鬼城》（Ghost Cities of China），（倫敦：柴德書局 Zed Books，2015 年）。

22 對於這個觀點，我要表達對大衛・魯賓（David Lubin）的感激。

23 見蔡欣怡（Kellee S. Tsai）《中國的國家資本主義與影子銀行的政治經濟學》（The Political Economy of State Capitalism and Shadow Banking in China）（問題與研究雜誌 Issues and Studies，2015 年 3 月，第 55-97 頁）。

24 這個制度在卡爾・沃特（Carl E. Walter）與法瑟・侯偉（Fraser J. T. Howie）的《中國金融大揭密：異常崛起的大銀行真相》（Red Capitalism:The Fragile Financial Foundation of China's Extraordinary Rise）中有詳細描述（新加坡：約翰・衛理家族出版社（John Wiley & Sons），2011 年）。

25 鮑泰利（Pieter Bottelier）《中國的影子銀行》（Shadow Banking in China）未發表的研究報告。2015 年 6 月 17 日。值得一提的是，布特勒所指出的，影子銀行是一個全球性的，而不只是一個中國現象。在 2013 年，全球影子銀行的資產達到 73 兆美元。

26 作者不可考，《中國的金融深化路線》（China's Path to Financial Deepening），IFF 中國報告 2015

年，（倫敦：中央銀行出版部 Central Banking Publishers，2015 年），第 28 頁。

27 世界銀行《中國金融部門改革的優先順序》（Reform Priorities in China's Financial Sector）（華盛頓特區：世界銀行集團 The World Bank Group，2015 年）。

28 我感謝彼得・布特勒指出了這些關聯性。

29 亨利・鮑爾森（Henry J. Paulson, Jr）《與中國打交道》（Dealing with China）（紐約：十二家出版社（Twelve Publishers），2015 年），第 338 頁。

30 理查・道博斯（Richard Dobbs）等人《債與（並不多的）降低舉債槓桿》（Debt and（not much）Deleveraging）（麥肯錫全球研究報告 McKinsey Global Institute Report，2015 年 2 月）；安娜・史旺森（Anna Swanson）《中國債務增加是巨大和不可持續的》（China's Increase in Debt Is Massive and Unsustainable）（華盛頓郵報 Washington Post，2015 年 2 月 11 日）；陳志武（Zhiwu Chen）《中國的危險債務》（China's Dangerous Debt）（外交事務雜誌 Foreign Affairs，2015 年 5/6 月號），第 11 頁。

31 理查・道博斯（Richard Dobbs）等人，出處同上。

32 參見《中國負債交換金額倍增》（China Doubles Amount Set for Debt Swap），（華爾街日報亞洲版 Asian Wall Street Journal，2015 年 6 月 11 日）。

33 有些分析師，譬如說銘基亞洲基金（Matthews Asia）的安迪・羅思曼（Andy Rothman），並不考慮地方政府債務違約的潛在危機，他所根據的是黨國體制總是會介入，來防止這種情況的發生。參見安迪・羅斯曼（Andy Rothman）《診斷中國的債務病因》（Diagnosing China's Debt Diseases）（舊金山：銘基亞洲基金，215年5月14日）。另外一個具領導地位的研究公司（羅斯曼的前雇主）在他們的報告中，則有較為悲觀的立場，見《中國的銀行：並不是大到不能倒下》（China's Banks:Not Too Big to Fall）（香港：里昂證券，2015年）。

34 泰勒・杜登（Tyler Durden）《八兆的黑天鵝：中國影子銀行系統將要崩潰了嗎？》（The $8 Trillion Black Swan:Is China's Shadow Banking System About to Collapse?）：http://www.zerohedge.com/news/2015-08-18/8-trillion-black-swan-chinas-banking-system-about-collapse

35 保羅・克魯曼（Paul Krugman）《中國國王的新衣服》（China's Naked Emperors）（紐約時報2015年7月31日）。

36 恩達・庫蘭（Enda Curran）與傑夫・克恩斯（Jeff Kearns）《擁有21兆美元，中國存戶準備要改變世界》（With $21 Trillion, China's Savers are set to Change the World）（彭博商業週刊Bloomberg Business 2015年6月25日）。

37 參見彼得・諾蘭（Peter Nolan）《中國正在購買世界嗎？》（Is China Buying the World?）（劍橋：政體出版社，2012年）；和沈大偉《中國走向全球化》（China Goes Global）（牛津與紐約：牛津大學出版社，2013 年）。

38 魏玲玲，《管控之下的攀升》（Controlled Ascent）（華爾街日報，2015 年 5 月 28 日）。

39 周小川《國際貨幣基金報告》（IMF Statement by Zhou Xiaochuan）：http://www.imf.org/External/spring/2015/imfc/statement/eng/chn.pdf

40 參見麥健陸（James McGregor）《共和國的長子們：揭開中國經濟高速成長的真相》（No Ancient Wisdom, No Followers:The Challenges of Chinese Authoritarian Capitalism）（康乃狄克州，魏斯堡：伯斯貝哥塔出版社（Prospecta Press，2012 年）。

41 作者不可考，《中國的稽核說國有企業偽造營收與利潤》（China's Auditor Says State Firms Falsified Revenue and Profit）（彭博商業週刊（Bloomberg Business，2015 年 6 月 28 日）。

42 鄭德華（Patricia Cheng）與馬可樂（Marco Yau）《中國銀行》（China Banks）（香港：里昂證券，2015 年），第 1 頁。

43 魏玲玲《中國批准推動併購國有企業》（China Approves Push to Merge State Firms）（華爾街日報，2015 年 9 月 8 日）。

44 尼可拉斯・拉迪（Nicholas Lardy）《民進國退：私有企業在中國的成長》（Markets over Mao:The Rise of Private Business in China）（華盛頓特區：彼得森國際經濟研究院（Peterson Institute for

International Economics），2014年）。亦請參見書評圓桌會議（Book Review Roundtable）的「亞洲政策」（Asia Policy）（2015年7月），第68-144頁。

45 被引用在大衛・茲維格（David Zweig）的《中國政治經濟學》（China's Political Economy），收錄於威廉・約瑟夫（William A. Joseph）編著的《中國的政治》（Politics in China）之內。（紐約：牛津大學出版社，第二版，2014年），第268頁。

46 大衛・巴布查（David Barboza）《問與答：尼可拉斯・拉迪談市場與中國的現況》（Q&A:Nicholas Lardy on Markets and the State in China）（紐約時報，中國領域部落格，2015年5月15日）。

47 http://www.bloomberg.com/visual-data/best-and-worst//most-innovative-countries

48 http://www3.weforunm.org/docs/img/WEF_GCR2014-15_Innovation_Image.png

49 習近平《向以創新驅動發展為主的轉變》（Transition to Innovation-Driven Growth），收錄於《習近平談治國理政》（The Governance of China）中，同前註，第134頁。

50 鄧雅青（Deng Yaqing）《躍入第一梯隊》（Leaping into the First Echelon）（北京週報（Beijing Review），2015年4月23日）；「邁向新疆界」（Route to a New Frontier）（北京週報，2015年6月4日）。

51 《躍入第一梯隊》（Leaping into the First Echelon），出處同上，第13頁。

52 參見雷影娜（Regina M. Abrami），柯偉林（William C. Kirby），與沃倫・麥克法蘭（Warren McFarlan）的《強國不強？：中國國力與經濟成長的極限》（Can China Lead? Reaching the Limits of Growth and Power）（麻州，劍橋市：哈佛商學院出版社，2014年）。

53 請特別參見丹尼爾・布里奈茲（Daniel Breznitz）與麥可・莫菲律（Michael Murphree）合著《紅色女王的奔馳：政府，創新，全球化與經濟成長》（Run of the Red Queen:Government, Innovation, Globalization and Economic Growth）（紐海芬：耶魯大學出版社，2011年）；和麥可・洛克（Michael T. Rock）與麥可・杜曼（Michael A. Toman）合著《中國科技的追趕策略》（China's Technological Catch-up Strategy）（紐約：牛津大學出版社，2015年）。

54 見張太銘（Tai Ming Cheung）編著《打造中國軍事力量：評價創新的新框架》（Forging China's Military Might:A New Framework for Assessing Innovation）（馬里蘭州，巴爾的摩：約翰霍普金斯大學出版社，2014年）；張太銘（Tai Ming Cheung）《中國以一個國防科技超級強權的角色浮現》（China's Emergence as a Defense Technological Superpower）（倫敦：羅德里奇出版社Routledge，2012年）。

55 與幾位海歸派人士之個別談話。

56 伐娜・艾米亞（Vanna Emia）《中國政府認為海外工業園區是外交政策的重點》（Chinese Government Considers Overseas Industrial Parks a Key Focus in Foreign Policy）（易八達網站

Yibada，2015年7月1日）；傑生・藍格（Jason Lange）《中國企業向美國R&D投入資金轉向創新》（Chinese Firms Pour Money Into R&D in Shift to Innovation）（路透社，2015年6月22日）；《研發路線通往英國的大學》（R&D Road Leads to Universities in UK）（中國日報，2015年6月16日）。

57 參見例如黃燦（Can Huang）與饒巴哈・薩利夫（Naubahar Sharif）的《全球科技領導力：中國的案例》（Global Technology Leadership:The Case of China）（科學與公共政策期刊 Science and Public Policy，2015年5月）。

58 裴敏欣《中國綁手綁腳的轉型－發展性專制政治的侷限》（China's Trapped Transition:The Limits of Developmental Autocracy）（麻州劍橋市，哈佛大學出版社，2006年）。

59 參見丹尼爾・羅森（Daniel H. Rosen）的《避開死巷：中國的經濟翻修與其全球性涵義》（Avoiding the Blind Alley:China's Economic Overhaul and Its Global Implications）同前所引，第142-143頁。

60 見沈大偉《中國即將崩潰》（The Coming Chinese Crack-up）（華爾街日報，2015年3月7日）。

第二章

1 參見富比士2014年的《世界上的百萬富翁與億萬富翁》（The World's Millionaires and Billionaires）年度調查。

2 資料來自「世界銀行社會發展指標」（Social Development Indicators），2014年；《中央情報局世界概況報告》（CIA World Factbook）；中國國務院新聞辦公室《2014年中國的人權進展》；中國國務院新聞辦公室《中國的性別平等與婦女發展》，2005年。

3 http://data.undp.org/dataset/HDI-Indicators-By-Coun4/5tuc-d2a9

4 參見理查•克勞斯（Richard Kraus）《中國社會主義的階級衝突》（Class Conflict in Chinese Socialism）（紐約：哥倫比亞大學東亞研究所，1981年）。

5 大衛•古德曼（David S. G. Goodman）《現代中國的階級》（Class in Contemporary China）（劍橋：政體出版社，2014年），第14-15頁。

6 出處同上，第60頁。

7 見李實（Shi Li）與泰瑞•賽古拉（Terry Sicular）的《中國家庭所得分配：不均，貧窮，與政策》（The Distribution of Household Income:Inequity, Poverty and Policies）（中國季刊 The China Quarterly 217期，2014年3月，圖4，第14頁。

8 大衛•古德曼（David S. G. Goodman）《現代中國的階級》（Class in Contemporary China），同前所引用，表2.1，第59頁。

9 盛思鑫（Sheng Sixin）在其《中國新富在為社會穩定引發挑戰》（China's New Rich is Posing

a Challenge to Social Stability）中引用，收錄於王賡武（Wang Gungwu）與鄭永年（Zheng Yungnian）合編的《中國：發展與治理》（China:Development and Governance）（新加坡：世界科學出版社 World Scientific Publishing，2013 年）。

10 大衛・古德曼（David S. G. Goodman）《現代中國的階級》（Class in Contemporary China），同前引用；也見於楊晶（Yang Jing）「中國的中產階級：仍在形成中」（China's Middle Class:Still in the Making）；並收錄於王賡武（Wang Gungwu）與鄭永年（Zheng Yungnian）合編的「中國：發展與治理」（China:Development and Governance），出處同上。

11 多明尼克・巴頓等人（Dominic Barton et al.,）的《描繪中國的中產階級》（Mapping China's Middle Class）（麥肯錫季刊 McKinsey Quarterly，2013 年 6 月）：http://www.mckinsey.com/insights/consumer_and_retail/mapping_chinas_middle_class.

12 亞洲開發銀行（Asian Development Bank）《2010 年亞洲與太平洋地區關鍵指標：亞洲中產階級的崛起》（Key Indicators for Asia and the Pacific 2010：The Rise of Asia's Middle Class）（馬尼拉：亞洲開發銀行，2010 年），第 8 頁。

13 見：http://data.worldbank.org/indicator/SI.POV.GINI; http://english.people.com.cn/90778/8101702.html; https://www.quandl.com/collections/demography/gini-index-by-country

14 參見珍・杜克特（Jane Duckett）與王國輝的《貧窮與不均》（Poverty and Inequality）；收錄於賈

克斯・迪來索（Jacques deLisle）與艾佛利・高德史坦（Avery Goldstein）合編的《中國的挑戰》（China's Challenges）（費城：賓州大學出版社，2015 年），第 25-41 頁。

15 馬丁・金・懷特（Martin King Wyatt），社會火山的迷思（Myth of the Social Volcano）（史丹佛：史丹佛大學出版社，2010 年），第 197 頁。

16 但偉華（Dan Weihua）《社會轉型期社經群體性事件的深度原因分析》（公安研究期刊 Public Security Studies，2010 年第 10 期，第 23-28 頁，特別是 25 頁；莫瑞・史考特・譚諾（Murray Scot Tanner）引用於《中國的社會動盪問題》（China's Social Unrest Problem）」；「美中經濟與安全檢討委員會」（US-China Economic and Security Review Commission）中作為聲明，2014 年 5 月 15 日：http://www.uscc.gov/sites/default/files/Tanner_Written%20Testmony.pdf.

17 傑瑞米・高德孔（Jeremy Goldkorn）《法治日報的 2012 年中國群體性事件報告》（Legal Daily Report on Mass Incidents in China in 2012）（金融時報，2013 年 1 月 6 日）。

18 參見哈洛德・譚諾（Harold M. Tanner）《人民解放軍與中國內部安全的挑戰》（The People's Liberation Army and China Internal Security Challenges）；收錄於甘浩森（Roy Kamphrausen）、賴大衛（David Lai）與施道安（Andrew Scobell）合編的《美軍眼裏的中國軍隊：美國陸軍戰爭學院研究報告》（The PLA at Home and Abroad）（賓州卡里賽：美國陸軍戰爭學院策略研究所 US Army War College Strategic Studies Institute，2010 年），特別參見第 251-266 頁。引言出自人民武裝警察法，見第 262 頁。

19 蓋瑞・圖特（Gary Tuttle）《中國的種族問題：北京如何鎮壓少數民族》（China's Race Problem:How Beijing Represses Minorities）（外交雜誌，2015 年 5/6 月號）。

20 馬特・菲利浦・凱丁（Malte Philipp Kaeding）《抗拒中國的影響：香港與台灣的社會運動》（Resisting Chinese Influence:Social Movement in Hong Kong and Taiwan）（當今歷史期刊 Current History，2015 年 9 月號），第 210-216 頁。

21 見：http://www.scmp.com/news/hong-kong/article/1636818/poll-finds-fewer-hongkongers-identifying-chinese-thanks-occupy?page=all.

22 見：http://www.savetibet.org/resources/fact-sheets/self-immolations-by-tibetans/

23 路易易（Yiyi Lu）在《公民社會在中國的成長：非政府組織的關鍵挑戰》（The Growth of Civil Society in China:Key Challenges for NGOs）一文中引用（倫敦漆咸樓，皇家國際事務研究所，亞洲計劃簡報 Chatham House, Asia Program Briefing Paper，2005 年 2 月）。表 1 與表 2 提供完整的中華人民共和國民政部國家統計資料。

24 作者不可考，《中國的公民社會：在冰河之下》（The Chinese Civil Society:Beneath the Glacier）（經濟學人 The Economist，2014 年 4 月 12 日）。

25 與兩位目睹本事件的中國官員私下談話，北京，2009 年秋天。

26 參見《這種打壓會對中國初期的公民社會有甚麼影響?》(What Will This Crackdown Do to China's Nascent Civil Society?)(衛報 The Guardian，2015年1月24日)。

27 黃安偉(Edward Wong)《與網路麻煩製造者的戰爭，中國轉而求助法律》(In War on Internet 'Troublemakers', China Turns to Law on Picking Quarrels)(紐約時報，2015年7月27日)。

28 參見黃安偉(Edward Wong)《中國領導人批准一網打盡的國家安全法以支持共產黨統治》(Chinese Leaders Approve Sweeping National Security Law, Bolstering Communist Rule)(紐約時報，2015年7月1日)；王春翰(Chun Han Wong)《中國強用一網打盡的國家安全法》(China Imposes Sweeping National Security Law)(華爾街日報，2015年7月2日)；作者不可考，《國家安全：習近平要插手每一件事》(National Security:Everything Xi Wants)(經濟學人，2015年7月4日)。

29 參見強・泰勒(Jon R. Taylor)《中國夢是一個城市夢：評估中國共產黨的新形態國家城鎮化計劃》(The China Dream is an Urban Dream:Assessing the CPC's National New-Type Urbanization Plan)(中國政治科學期刊 Journal of Chinese Political Science，2015年20期，第107-120頁。該計劃由中國共產黨中央委員會與國務院共同發佈。

30 在準備城鎮化計劃的時候，中國政府有與世界銀行、亞洲開發銀行，以及其他國際組織緊密合作的優勢。例如參見世界銀行與國務院發展研究中心的《城鎮中國：邁向有效率、包容和永續的城鎮化》（Urban China:Toward Efficient, Inclusive and Sustainable Urbanization）（華盛頓特區：世界銀行集團，2014年）。

31 強納森・芬比（Jonathan Fenby）《虎頭蛇尾：今日中國，怎麼走，往哪走》（Tiger Head, Snake Tails:China Today, How It Got There and Where It Is Heading）（紐約：展望出版社 The Overlook Press，2012年），第50頁。

32 李克強《政府工作報告》於2015年3月16日第十二次全國代表大會第三次全體會議上發表：http://news.xinhuanet.com/english/china/2015-03/16/c_134071473.htm.

33 http://www.chinahighlights.com/travelguide/top-large-cities.htm.

34 路易斯・恩瑞克茲（Louis Enriquez）、史文・史密特（Swen Smit），與強納森・艾伯萊特（Jonathan Ablett）《轉變中的浪潮：2015至2025年全球經濟情況》（Shifting Tides:Global Economic Scenario for 2015-2025），2015年9月，第5頁：http://www.mckinsey.com/insights/strategy/shifting_tides_global_economic_scenarios_for_2015_25.

35 http://www.telegraph.co.uk/news/worldnews/asia/china/8278315/china-to-creat-largest-mega-city-in-the-world-wuth-42-million-people.html.

36 伊安・強森（Ian Johnson）《當北京成了一個超級城市，快速成長帶來了痛苦》（As Beijing

Become a Supercity, the Rapid Growth Brings Pains）（紐約時報，2015 年 7 月 19 日）。

37 參見例如溫家寶總理的 2012 年政府工作報告。

38 張方柱（Zhang Fangzhu）《生態城市在中國：永續城市發展的新時程》（Eco-cities in China:A New Agenda for Sustainable Urban Development），2014 年 ： http://www.regionalstudies.org/uploads/RSA_eco-city_china_Zhang_2014.pdf.

39 李士翹（Li Shiqiao）《瞭解中國的城市》（Understanding the Chinese City）（倫敦：塞吉出版社 Sage Publications，2014 年）。

40 作者無法查證，《習近平並不是中國奇怪建築物的喜好者》（Xi Jinping Isn’t a Fan of ’Weird’ Architecture in China）（華爾街日報，2014 年 10 月 17 日）；梅根•懷利特（Megan Willett）《中國國家領導人習近平：不要再有奇怪的建築物了》（Chinese President Xi Jinping:No More Weird Architecture）（商業內幕 Business Insider，2014 年 10 月 21 日）。

41 萬家瑞（Jeremy Wallace）《城市與穩定：中國的城市化、再分配與政權生存》（Cities and Stability:Urbanization, Redistribution and Regime Survival in China）（紐約：牛津大學出版社，2014 年）。

42 周庠（Zhou Xian）《城鎮化：品質較速度重要》（Urbanization:Quality More Important Than

Speed），收錄於國務院發展研究中心編著的《中國的下一個十年：重建經濟動能與平衡》（China's Next Decade:Rebuilding Economic Momentum and Balance）（香港：里昂證券出版社，2014 年），第 425 頁。

43 若想瞭解戶口制度的演化，可參見范芝芬（C. Cindy Fan）所作的一份出色全面檢討報告：《移居，戶口，與城市》（Migration, Hukuo, and the City），收錄於沙亥德・優舍夫（Shahid Yusur）與湯尼・賽及（Tony Saich）合編的《中國城鎮化：結果，策略，與施政方針》（China Urbanization:Consequences, Strategies, and Policies）（華盛頓特區：世界銀行，2008 年）。

44 引用於蓋伯瑞爾・威爾道（Gabriel Wildau）《在轉折點上的中國移居人口》（China's Migration:At the Turning Point）（金融時報：2015 年 5 月 4 日）。

45 參見王海榮（Wang Hairong）《終結城市農村二分法：中國宣佈新的戶口登記指導原則》（Ending Urban-Rural Dichotomy:China Unveils New Guidelines on Household Registration System）（北京週報，2014 年 8 月 24 日）。

46 王豐（Wang Feng）《中國的人口密度：逼近中的危機》（China's Population Density:The Looming Crisis）（現代歷史期刊 Current History，2010 年 9 月號）。

47 王豐（Wang Feng）《人口過度成長的未來：中國人口遷移的長期意涵》（The Future of Demographic Overachiever:Long-term Implications of the Demographic Transition in China）（人口

與發展評論雜誌 Population and Development Review37 期，2011 年 9 月），第 182 頁。

48 引用於羅寶珍（Baozhen Luo）《中國會在老化前致富》（China Will Get Rich Before It Grows Old）（外交雜誌：2015 年 5/6 月號），第 20 頁。

49 出處同上。

50 路易斯•恩瑞克茲（Louis Enriquez）、史文•史密特（Swen Smit），與強納森•艾伯萊特（Jonathan Ablett）《轉變中的浪潮：2015 至 2025 年全球經濟情況》（Shifting Tides:Global Economic Scenario for 2015-2025）（2015 年 9 月，第 5 頁）：http://www.mckinsey.com/insights/strategy/shifting_tides_global_economic_scenarios_for_2015_25.

51 資料來自於世界銀行的世界發展指標和中國線上數據庫，引用於狄忠浦（Bruce Dickson）《獨裁者的兩難：中國共產黨的存活策略》（Dictator's Dilemma:The Chinese Communist Party's Strategy for Survival）（紐約：牛津大學出版社，2016 年）。感謝我的同事狄忠浦教授，與我分享這些數據。

52 若想瞭解有關健康照護制度計劃的全面檢討，請參見錢繼偉（Qian Jiwei）《重新打造中國的健康照護制度》（Reinventing China's Health System），收錄於王賡武（Wang Gungwu）與鄭永年（Zheng Yungnian）合編的《中國：發展與治理》（China:Development and Governance）（新加坡：世界科學出版社 World Scientific Publishing，2013 年）。

53 國際貨幣基金的預估，收錄於羅寶珍（Baozhen Luo）的《中國會在老化前致富》（China Will Get Rich Before It Grows Old），出處同前，第 22 頁。

54 參見國務院新聞辦公室的《2014 年中國人權進展白皮書》（White Paper on Progress in China's Human Rights in 2014）（中國日報，2015 年 6 月 9 日）；以及錢繼偉（Qian Jiwei）《重新打造中國的健康照護制度》（Reinventing China's Health System），出處同前。

55 收錄於雪莉・王（Shirley S. Wang）的《中國轉移醫院文化的企圖》（Hospital Attempts Culture Shift in China）（華爾街日報，2015 年 9 月 12-13 日）。

56 對於這個年金制度的許多新特色，馬克・多福曼（Marc C. Dorfman）等人的《中國的年金制度：一個願景》（China's Pension System:A Vision）中有描述（華盛頓特區：世界銀行，2013 年）。

57 馬克・福雷瑟（Mark W. Fraser）《當中國老年化了會發生甚麼事？》（What Happens When China Turns Gray）（外交官雜誌，2014 年 1 月 14 日）。

58 羅寶珍（Baozhen Luo）《中國會在老化前致富》（China Will Get Rich Before It Grows Old），出處同前，第 22 頁。

59 國務院新聞辦公室的《2014 年中國人權進展白皮書》（White Paper on Progress in China's Human Rights in 2014），出處同前。

60 參見羅寶珍（Baozhen Luo）《中國會在老化前致富》（China Will Get Rich Before It Grows Old），出處同前；福雷瑟（Fraser）《當中國老年化了會發生甚麼事》（What Happens When China Turns Gray），出處同前。

61 引用於朱京平（Zhu Jingpin）《中國在吸引全球頂尖人才》（China Attracting Global Top Talent）；收錄於王賡武（Wang Gungwu）與鄭永年（Zheng Yungnian）合編的《中國：發展與治理》（China:Development and Governance），出處同前，第 362 頁。

62 鄭新（Zheng Xin）《中國留學生面臨學術壓力》（Chinese Students Abroad Face Academic Pressure）（中國日報，2015 年 6 月 2 日）。

63 九所核心大學為：北京大學、清華大學、中國科學技術大學、南京大學、復旦大學、上海交通大學、浙江大學、西安交通大學、哈爾濱工業大學。

64 趙力濤（Zhao Litao）《中國高等教育的改革》（China's Higher Education Reform）；收錄於王賡武（Wang Gungwu）與鄭永年（Zheng Yungnian）合編的《中國：發展與治理》（China:Development and Governance），出處同前，第 373 頁。

65 來源：中國統計年鑑（2013 年）。

66 楊銳（Yang Rui）《中國小心：一種貪腐文化正在破壞高等教育》（China Beware:A Corrupt Culture is Undermining Higher Education）（全球亞洲雜誌 Global Asia，2015 年夏季號），第 20-24 頁。

67 鄭新（Zheng Xin）《中國留學生面臨學術壓力》（Chinese Students Abroad Face Academic Pressure），出處同前。

68 引用我的著作《中國走向全球化：局部強權》（China Goes Global:The Partial Power）（紐約與牛津：牛津大學出版社，2013 年）；也參見夏竹麗（Judith Shapiro），《中國的環境挑戰》（China's Environmental Challenges）（劍橋：政體出版社，2012 年）。

69 見凱瑟琳・莫頓（Catherine Morton）《中國與全球環境：從過去學習並預測未來》（China and Global Environment:Learning from the Past and Anticipating the Future）（雪梨：洛伊國際政策研究所（Lowy Institute of International Studies），2009 年）。統計資料出自本文與其他研究。

70 艾迪・克魯克斯（Ed Crooks）與凡藍提那・榮梅（Valentina Romei）的《兩大強權：關鍵在於二氧化碳》（The G2 ： The Key to CO2）（金融時報，2009 年 12 月 9 日）。

71 作者無從查證，《世界上最汙染的地方》（The World's Most Polluted Places）（時代雜誌，2007 年 9 月 12 日）。

72 作者無從查證，《升起的惡臭》（The Raising Stink）（經濟學人，2010 年 8 月 5 日）。

73 參見世界銀行的《解決中國的水資源缺乏問題：對於選擇性水資源管理的建議》（Addressing China's Water Scarcity:Recommendations for Selected Water Resource Management Issues）（華

盛頓特區：世界銀行，2009 年）。

74 亞洲水源專案：《在深水處：中國水資源的生態破壞》（In Deep Water:Ecological Destruction of China's Water Resources（2007 年），收錄於路透社《中國說，水的供給會於 2030 年耗盡》（China Says Water Supplies exhausted by 2030）中，2007 年 12 月 14 日。

75 新華社《中國地下水一半遭到汙染》，2006 年 10 月 9 日。網址：http://www.china.org.cn/english/environment/183230.htm.

76 引用於安德魯・傑可布斯（Andrew Jacobs），哈維亞・賀南德茲（Javier Hernandez），與克里斯・巴克利（Chris Buckley）的《天津致命爆炸的背後，抄近路與鬆散的法規》（Behind Deadly Tianjin Blast, Shortcuts and Lax Rules）一文中，紐約時報，2015 年 8 月 31 日。

77 凱瑟琳・莫頓（Catherine Morton）《中國與全球環境》（China and Global Environment），同前引用，第 4 頁。

78 見世界銀行《解決中國的水資源缺乏問題》（Addressing China's Water Scarcity）（華盛頓特區：重建與開發世界銀行 International Bank for Reconstruction and Development，2009 年）。

79 凱瑟琳・莫頓（Catherine Morton）《中國與全球環境》（China and Global Environment），同前引用，第 4 頁。

80 凱瑟琳・莫頓（Catherine Morton）《第三極的氣候變遷與安全》（Climate Change and Security at the Third Pole）（存活雜誌 Survival 第 53:1 期，2011 年 2-3 月）。

81 參見中華人民共和國環境保護部，法律、條例與規章（Laws, Statutes, and Regulations）"，來源：http://english.sepa.gov.cn/Policies_Regulations/.

82 馬棣文（Stephen Mufson）《中國向上邁出步伐，緩慢但堅定》（China Steps Up, Slowly but Surely）（華盛頓郵報，2009 年 10 月 24 日）。

83 胡錦濤於「聯合國氣候變遷高峰會議開幕大會」的陳述（北京週報 44 期，2009 年 11 月 5 日），第 3 頁。

84 作者不可考，《一個新的能源時代開始了》（A New Energy Era Begins）（德國雜誌 Magazin-Deutshland.de 2，2011 年第 2 期），第 10 頁。

85 蘭蘭（Lan Lan）《中國採取雄心勃勃的綠色道路》（China Takes Ambitious Green Path）（中國日報，2015 年 7 月 1 日）。

86 參見奇科・哈倫（Chico Harlan）《中國的一次小剎車，便可洗劫全球商品市場》（Even A Modest Slowdown in China Sacks the Global Commodity Market）（華盛頓郵報，2015 年 8 月 29 日）。

87 國際危機組織（International Crisis Group）《中國的石油饑渴》（China's Thirst for Oil）（首爾與布

魯塞爾：國際危機組織，2008年），第3頁。

88 國際能源署（International Energy Agency）《2008年世界能源展望》（World Energy Outlook 2008）（巴黎：經濟合作暨發展組織/國際能源署，2008年），第99與102頁。

第四章

1 參見高登・史吉林（H. Gordon Skilling）與富蘭克林・格里菲斯（Franklyn Griffiths）的《蘇維埃政治利益團體》（Interest Groups in Soviet Politics）（普林斯頓：普林斯頓大學出版社，1970年）。

2 這個名詞是富蘭克林・格里菲斯（Franklyn Griffiths）在1971年所創。見《蘇維埃政策制定傾向分析》（A Tendency Analysis on Soviet Policymaking），收錄於高登・史吉林（Gordon Skilling）與富蘭克林・格里菲斯（Franklyn Griffiths）合編的《蘇維埃政治利益團體》（Interest Groups in Soviet Politics）（普林斯頓：普林斯頓大學出版社，1971年）。

3 出處同上。

4 見《鄧小平文選》（北京：人民出版社，1983年），第302-325頁。

5 見何漢理（Harry Hardin）《中國的第二次革命：毛澤東之後的改革》（China's Second Revolution:Reform after Mao）（華盛頓特區：布魯金斯研究院出版社，1987年）。

6 有關趙紫陽的背景，參見沈大偉《一位總理的養成：趙紫陽的省級職涯》（The Making of a Premier:Zhao Ziyang's Provincial Career）（科羅拉多州布爾德市：西方觀點出版社 Westview Press，1983 年）。

7 布魯斯・基利（Bruce Gilley）《鄧小平與他的接班人》（Deng Xiaping and His Successors）收錄於威廉・約瑟夫（Willaim A. Joseph）編著的《中國的政治》（Politics in China:An Introduction）中（紐約：牛津大學出版社，2014 年），第 135 頁。

8 由中國共產黨總辦公室中央委員會所發出《關於當前意識形態領域情況的通報》。完整的翻譯可見於：http://www.chinafile.com/document-9-chinafile-translation. 原中文版文件也可在公共區域取得。

9 出處同上。

10 沈大偉《中國共產黨：收縮與調適》（China's Communist Party:Atrophy and Adaption）（柏克萊與華盛頓特區：加州大學出版社與烏德羅威爾森出版社 Woodrow Wilson Press，2008 年），特別是第四章。

11 參見瑪莉・伊來斯・沙羅特（Mary Elise Sarotte）《倒塌：柏林圍牆意外被打開》（The Collapse:The Accidental Opening of the Berlin Wall）（紐約：基本圖書出版社 Basic Books，2014 年）。

12 完整評論請參見沈大偉的《中國共產黨：收縮與調適》（China's Communist Party:Atrophy and Adaption），同前所引，第 4 章。

13 參見包瑞嘉（Richard Baum）《第十五次全國代表大會：江在掌權?》（The Fifteenth National Party Congress:Jiang Takes Command?）（中國季刊，1998 年 3 月），第 141-156 頁。

14 江澤民的《高舉鄧小平理論偉大旗幟闊步前進，把建設有中國特色社會主義偉大事業全面推向二十一世紀!》。1997 年 9 月 12 日中國共產黨第十五次全國代表大會上所作的報告，第六篇。來源：http://www.bjreview.com/document/txt/2011-03/25/content_363499_10.htm.

15 見沈大偉《中國共產黨：收縮與調適》（China's Communist Party:Atrophy and Adaption），同前所引；黎安友（Andrew Nathan）《威權主義的韌性》（Authoritarian Resilience）（民主雜誌 Journal of Democracy，2003 年 1 月號），第 6-17 頁；科杰德•艾瑞克•布洛德史嘉（Kjeld Erik Brodsgaard）與鄭永年合編的《改革中的中國共產黨》（The Chinese Communist Party in Reform）（倫敦：路透社，2006 年）。

16 我肯定黨裡面的許多知識份子，像是李君如和俞克平，也包括其他高階官員，像王洪寧對政治改革的貢獻；但我相信曾慶紅是主要的推手。

17 這個決定文可在黨中央文宣部找到，黨的十六大四中全會《決定》（北京：學習出版社與黨建讀物出版社，2004 年）；參見中國共產黨發行的治理國政能力的關鍵政策文件“：http://www.english.

peopledaily.com.cn/200409/26/eng20040926_158378.html.

18 參見曾慶紅《加強黨的執政能力建設的關聯性文摘》（中央文宣部編者）；收錄於《黨的第十六屆光輝決定》（北京：學習出版社和黨建讀物出版社，2004 年）。

19 曾慶紅《加強黨的執政能力建設的關聯性文摘》（中央文宣部編者），出處同上，第 36 頁。

20 令人感到諷刺的是，十七大四中全會在 2009 年 9 月中召開時，發佈了一則非常進步的決定，正式批准前十年的改革，但是回顧起來，讀了卻像是弔詞。根據我的瞭解是，在過去的好幾年當中，黨都在準備這份文件，而且必須要繼續往前走，雖然今年稍早的決定是緊縮與壓制。

21 參見《溫家寶承諾的中國政治改革》（Wen Jiabao Promises Political Reform in China）（每日電訊報 The Daily Telegraph，2010 年 10 月 4 日）：http://www.telegraph.co.uk/news/worldnews/asia/china/8040534/Wen-Jiabao-promises-political-reform-for-China.html.

22 參見《中國的溫家寶呼籲「緊迫」的政治改革》（China's Wen Jiabao Calls for "Urgent" Political Reform）（每日電訊報，2012 年 3 月 14 日）：http://www.telegraph.co.uk/news/worldnews/asia/china/9142333/China-Wen-Jiabao-calls-for-urget-political-reform.html.

23 參見《中國需要政治改革以避免「政治悲劇」》China Needs Political Reform to Avert 'Political Tragedy'）（衛報，2012 年 3 月 14 日）：http://www.theguardian.com/world/2012/mar/14/china-

political-reform-wen-jiabao.

24 我意識到的這種官僚式結合與其偏好，大部份出自2009-2010年冬天我與中國學術圈的幾位人士、媒體與宣傳系統，以及軍隊方面的討論。我當時是中國社會科學院的訪問學者。

25 針對今天中國打壓的廣泛描述，參見莎拉・庫克（Sarah Cook）的《政治局的窘境：面對中國共產黨壓制政策的侷限》（The Politburo's Predicament:Confronting the Limitations of Chinese Communist Party Repression）（紐約：自由之家 Freedom House，2015年）。

26 對習近平的描繪，參見喬納森・芬比（Jonathan Fenby）的《西方應該瞭解的習近平：自從毛澤東以來中國最強勢的領導人》（What the West Should Know about Xi Jinping, China's Most Powerful Leader Since Mao）（新政治家週刊 New Statesman，2015年6月23日）；歐逸文（Evan Osnos）《生來就紅》（Born Red）（紐約客雜誌 The New Yorker，2015年4月6日）；林和立（Willy Wo-Lap Lam）《習近平時代的中國政治》（Chinese Politics in the Xi Jinping Era）（倫敦：路透社，2015年）。

27 格雷厄姆・艾利森（Graham Allison）、羅伯特・布萊克維爾（Robert D. Blackwill）、艾利・韋恩（Ali Wyne）《去問李光耀：一代總理對中國、美國和全世界的深思》（Lee Kuan Yew:The Grand Master's Insights on China, the United States and the World）（麻省理工學院出版社，貝爾佛科學與國際事務中心（Belfer Center for Science and International Affairs，2012年），第17頁。

28 《習近平談治國理政》（The Governance of China）（北京：外文出版社，2014年）。

29 見克里斯多福・強森（Christopher Johnson）、史考特・甘迺迪（Scott Kennedy）《中國權力的無法分割：黨與政府的模糊界線》（China's Un- Separation of Power:The Blurred Lines of Party and Government）（外交雜誌 Foreign Affairs，2015年7/8月號）。

30 源於《中國的反貪腐運動簡報》（China's Anti-Corruption Campaign），中國共產黨對外聯絡部2015年3月25日的簡報；作者不詳《魔鬼或王先生》（The Devil or Mr. Wang）（經濟學人，2015年3月28日）；大衛・拉格（David Lague）、班傑明・康（Benjamin Kan）、查理・朱（Charlie Zhu）《特別報導：習近平反腐敗的恐懼和報復》（Special Report:Fear and Retribution in Xi's Anti-Corruption Purge）路透社，2014年12月23日）；尹卜民（Yin Pumin）《對貪汙的戰爭》（War on Graft）（北京週刊，2015年3月12日）。

31 參見沈大偉《改革派來了？別打賭》（The Reformers Cometh? Don't Bet on It）（華盛頓郵報，2012年11月16日）。

32 中國共產黨第十八大四中全會文件（北京：中央編譯出版社，2015年）。

33 出處同上。第9頁。

34 陸思禮（Stanley Lubman）《打擊維權律師之後，中國的法律改革路徑不確定》（After Crackdown

on Rights Lawyers, China's Legal Reform Path Uncertain）（華爾街日報，中國即時 China Realtime 部落格，2015 年 7 月 31 日）：http://blogs.wsj.com/chinarealtime/2015/07/31/after-crackdown-on-rights-lawyers-chinas-legal-reform-path-uncertain/.

35 郭丹青（Donald Clarke）《中國的法治系統與四中全會》（China's Legal System and the Fourth Plenum）（亞洲政策期刊，2015 年 7 月號），第 14 頁。

36 出處同上。第 13 頁。

37 大衛・拉格（David Lague）、班傑明・康（Benjamin Kan）、查理・朱（Charlie Zhu）《特別報導：習近平反腐敗的恐懼和報復》（Special Report:Fear and Retribution in Xi's Anti-Corruption Purge），同前引用。

38 若要尋找更多選項，請參見沈大偉的《國際對中國共產黨的看法》（International Perspectives on the Communist Party of China）（中國：國際期刊 An International Journal，2012 年 8 月），第 8-22 頁；魏由（假名）《中國改革的結束：威權式調整撞牆了》（The End of Reform in China:Authoritarian Adaption Hits the Wall）（外交事務雜誌 Foreign Affairs，2015 年 5/6 月號）；程力（Cheng Li）《中國共產黨的彈性威權主義結束了嗎：對中國權力轉移的三方評估》（The End of the CCP's Resilient Authoritarianism? A Tripartite Assessment of Shifting Power in China）（中國季刊，2012 年 9 月），第 595-623 頁。

39 如需更完整的描述，請見沈大偉《中國共產黨：收縮與調適》（China's Communist Party:Atrophy and Adaption），同前引用，第 2 章；肯尼斯・周威特（Kenneth Jowitt）《新的世界亂象：列寧的滅絕》（New World Disorder:The Leninist Extinction）　（柏克萊：加州大學出版社，1992 年）；洽默思・強森（Chalmers Johnson）編著《共產體系的改變》（Change in Communist Systems）（史丹佛：史丹佛大學出版社，1970 年）；布里辛斯基（Zbigniew Brzezinski）《大失敗：20 世紀共產主義的興亡》（The Grand Failure:The Birth and Death of Communism）（紐約：查理士・史奇布納家族出版社（Charles Scribners Sons，1989 年）；山謬爾・杭亭頓（Samuel P. Huntington）、克萊門・摩爾（Clement H. Moore）合編的《現代社會的威權政治》（Authoritarian Politics in Modern Society）（紐約：基本圖書出版社 Basic Books，1970 年）；理查・羅溫索（Richard Lowenthal）《一個成熟社會中的執政黨》（The Ruling Party in a Mature Society）；收錄於馬克・菲爾德（Mark G. field）編著的《共產社會中的現代化社會結局》（Social Consequences of Modernization in Communist Societies）（巴爾迪摩：約翰霍普金斯大學出版社，1976 年）；史提芬・薩松柏格（Steven Saxonberg）《衰亡：對共產主義結局的一個比較研究》（The Fall:A Comparative Study of the End of Communism）（阿姆斯特丹：哈武德學術出版社 Hardwood Academic Publishers，2001 年）；艾德溫・溫克勒（Edwin A. Winkler）編著《中國從共產主義的轉型：制度性與比較性的分析》（Transition from Communism in China:Institutional and Comparative Analyses）（布爾德：林・雷尼爾出版社 Lynne Reinner，1999 年）；安德魯・華德（Andrew G. Walder）編著《共產國家的沒落》（The Waning of Communist State）（柏克萊：加州大學出版社，1995 年）；西摩爾・馬丁・李普塞（Seymour Martin Lipset）、喬治：奔斯

（Gyorgy Bence）《預見共產主義的失敗》（Anticipation of the Failure of Communism）（理論與社會學報 Theory and Society 23 期，1994 年）。安德魯・華德（Andrew G. Walder）《共產黨勢力的衰落：一個制度性改變理論的要素》（The Decline of Communist Power:Elements of a Theory of Institutional Change）（理論與社會學報 Theory & Society），出處同上。

40 這段文字是由我的文章《中國即將崩潰》（The Coming Chinese Crack-Up）中摘錄而來（華爾街日報，2015 年 3 月 6 日）。

41 參見 http://up.hurun.net/Humaz/201406/20140606132402353.pdf.

42 本文與俞可平其他論文的翻譯收錄在《俞可平：民主是個好東西：現代中國政治、社會與文化論文集》（Yu Keping:Democracy is a Good Thing:Essays on Politics, Society, and Culture in Contemporary China）之中，（華盛頓特區：布魯金斯研究院出版社，2009 年）。

43 見沈大偉《中國即將崩潰》（The Coming Chinese Crack-Up），同前引用。

44 見安卓雅・肯德－泰勒（Andrea Kendall-Taylor）、艾瑞卡・法蘭茲（Erica Frantz）《專制制度如何崩潰》（How Autocracies Fall）（華盛頓季報 The Washington Quarterly，2014 年春季號），第 35-47 頁。

1 習近平主席於 2014 年 11 月 30 日外交委員會工作會議上的一次演講中所用到的句子：「建立以合作共贏為核心的新型國際關係，提出和貫徹正確義利觀，宣導共同、綜合、合作、可持續的安全觀。」新華社《習近平希望更多地為中國的和平發展創造國際環境》（Xi Eyes on Enabling International Environment for China's Peaceful Development），2014 年 11 月 30 日。

2 參見沈文文（Wenwen Shen）《中國與鄰國：關係陷入困境》（China and Its Neighbors:Troubled Relations）（布魯塞爾：歐亞關係中心，2012 年）：http://www.eu-asiacentre.eu/pub_details.php?pub_id=46；孫飛（Philip C. Sanders）《中國在亞洲的角色：具吸引力的還是獨斷的？》（China's Role in Asia:Attractive or Assertive?），收蒐錄於沈大偉與麥可・雅胡達（Michael Yahuda）合編的《亞洲國際關係》（International Relations of Asia）（馬里蘭州蘭罕：羅曼與李托菲爾德出版社 Rowman & Littlefield，2014 年，第 2 版）。

3 國防部長辦公室，《2015 年對國會之年報：涵括中華人民共和國的軍事與安全發展》（Annual Report to Congress:Military and Security Development Involving the People's Republic of China）（華盛頓特區：美國國防部，2015 年），第 60 頁

4 例如參見富康（Phoak Kung）的《柬埔寨與中國的關係：克服信任不足》（Cambodia-China Relations:Overcoming the Trust Deficit）（外交官雜誌 The Diplomat，2014 年 10 月 7 日）：http://thediplomat.com/2014/10/cambodia-china-relations-overcoming-the-trust-deficit/.

5 2014 年 7 月在紐西蘭參訪與討論中所得到的個人印象。

6 見史如提・帕塔納伊克（Smruti Pattanaik）《中國在斯里蘭卡投資的爭議》（Controversy Over Chinese Investment in Sri Lanka）（東亞論壇 East Asia Forum，2015 年 6 月 5 日）：http://www.eastasiaforum.org/2015/06/05/controversy-over-chinese-investment-in-sri-lanka/.

7 對於新的亞投行的一個精彩評估，參見丹尼爾・鮑伯（Daniel Bob）、托比亞斯・哈里斯（Tobias Harris）、河合正宏（Masahiro Kawai），與孫永（Yun Sun）《亞洲基礎設施投資銀行：中國作為負責任的利益相關者?》（Asian Infrastructure Investment Bank:China as Responsible Stakeholder?）（華盛頓特區：笹川平和財團 Sasakawa Peace Foundation，2015 年）。

8 關於這一點，我要表達對於羅伯特・薩特（Robert Sutter）的感激。

9 格雷厄姆・艾利森（Graham Allison）、羅伯特・布萊克維爾（Robert D. Blackwill）、艾利・韋恩（Ali Wyne）《去問李光耀：一代總理對中國、美國和全世界的深思》（Lee Kuan Yew:The Grand Master's Insights on China, the United States and the World）（麻省理工學院出版社，貝爾佛科學與國際事務中心 Belfer Center for Science and International Affairs，2012 年），第 6-7 頁。

10 參見中華人民共和國國務院新聞辦公室《中國的軍事戰略》（China's Military Strategy，2015 年 5 月）：http://www.china.org.cn/china/2015-05/26/content35661433htm.；也請參見彼得・杜通（Peter A. Dutton）、瑞安・馬丁森（Ryan D. Martinson）合編的《長城之外：中國遠洋操作》

（Beyond the Wall:Chinese Far Seas Operations）（羅德島新港：美國海軍戰爭學院中國海洋研究所 US Naval War College China Maritime Studies Institute，2015 年 5 月）。

11 見沈大偉《中國走向全球化：局部強權》（China Goes Global:The Partial Power）（紐約：牛津大學出版社）。

12 格雷厄姆・艾利森（Graham Allison）《避免修昔底德陷阱》（Avoiding Thucydides' Trap）（金融時報，2012 年 8 月 22 日）。

13 約瑟夫・奈伊（Joseph Nye）《美國世紀的終結？》（Is the American Century Over?）（劍橋：政體出版社，2015 年），第 67 頁。

14 出處同上。

15 參見甘浩森（Roy Kamphrausen）、賴大衛（David Lai）與施道安（Andrew Scobell）合編的《美軍眼裏的中國軍隊：美國陸軍戰爭學院研究報告》（The PLA at Home and Abroad）（賓州卡里賽：美國陸軍戰爭學院策略研究所 US Army War College Strategic Studies Institute，2010 年）。

16 這是我的著作《中國走向全球》（China Goes Global）的中心論述。其他同意此一觀點的有強納森・芬比（Jonathan Fenby）《中國會主導二十一世紀嗎？》（Will China Dominate the 21st Century?）（劍橋：政體出版社，2014 年）；梅爾・葛濤（Mel Gurtow）《這會是中國的世紀嗎？

一種質疑的觀點》（Will this be China's Century? A Skeptic's View）（科羅拉多州布爾德：林・雷尼爾出版社 Lynne Reinner Publishers，2013 年）；約瑟夫・奈伊（Joseph Nye）《強權的未來》（The Future of Power）（紐約：公共事務出版社 Public Affairs，2011 年）；芮吉娜・阿布拉米（Regina M. Abrami），威廉・可比（William C. Kirby），與華倫・麥克法藍（Warren McFarlan）的《中國能領導嗎？達到成長與權力的上限》（Can China Lead? Reaching the Limits of Growth and Power）（麻州，劍橋市：哈佛商學院出版社，2014 年）。

17 參見沈大偉《中國權力的錯覺》（The Illusion of Chinese Power）（國家利益雜誌 The National Interest，2014 年 7 月 25 日：http://nationalinterest.org/feature/the-illusion-of-chinese-power-10739.

18 沈大偉《美帝：中國如何看待美國，1972-1990 年》（Beautiful Imperialist:China Perceives America, 1972-1990）（普林斯頓：普林斯頓大學出版社，1991 年）。

19 湯瑪士（W.I. Thomas）《美國兒童》（The Child in America）（紐約，諾普甫出版集團 Knopf，1928 年），第 572 頁。

20 見沈大偉編著《糾結的巨人：美國與中國》（Tangled Titans:The United States & China），同前所引，本句摘錄自第一章。

21 西蒙・丹倫（Simon Denyer）《一個民族主義的中國讓外國公司感到不安》（Foreign Firms Fear a Nationalist China）（華盛頓郵報，2015 年 9 月 8 日；《美中貿易全國委員會 2015 年中國商業環境會員調查》（US-China Business Council 2015 Business Environment Member Survey）：http://www.uschina.org/reports/uscbc-2015-member-company-survey.

22 有關此一揭露的精彩調查報告，參見何漢理（Harry Harding）《美中政策失敗了嗎？》（Has U.S. China Policy Failed?）（華盛頓季報 The Washington Quarterly，2015 年 10 月）。

23 參見章家敦（Gordon H. Chang）《致命的連結：美國對中國預設立場的歷史》（Fateful Ties:A History of America's Preoccupation with China）（麻州劍橋：哈佛大學出版社，2015 年）。

24 參見理查・畢勝戈（Richard A. Bitzinger）《中國的雙位數國防成長：和平崛起的涵意》（China's Double-Digit Defense Growth:What It Means for a Peaceful Rise）（外交事務雜誌 Foreign Affairs，2015 年 3 月 19 日）：https://www.foreignaffairs.com/articles/china/2015-03-19/chinas-double-digit-defense-growth. 中國現在擁有世界第二高的國防預算。這是官方的數字，專家們相信，真正的總支出還要高出 5%到 25%。

25 參見白邦瑞（Michael Pillsbury）《百年馬拉松——中國取代美國成為全球超強的秘密戰略》（The Hundred Year Marathon:China's Secret Strategy to Replace America as the Global Superpower）（紐約：亨利霍爾特出版公司 Henry Holt & Co.，2015 年）。

26 亨利・季辛吉（Henry Kissinger）《論中國》（On China）（紐約：企鵝出版集團 Penguin Books，2012 年）。

27 如要瞭解此一爭議的更多細節，請參見我在《中國走向全球化》（China Goes Global）中所作的論述，同前引用，第 83-86 頁。

28 例如參見波波・羅（Bobo Lo）《一種權宜的夥伴關係》（A Partnership of Convenience）（紐約時報國際版，2012 年 6 月 8 日）；以及他的書《權宜的軸線：莫斯科、北京與新地緣政治》（Axis of Convenience:Moscow, Beijing and the New Geopolitics）（倫敦與華盛頓特區：漆咸樓皇家國際事務研究所與布魯金斯研究院出版社，2008 年）；珍・皮爾茲（Jane Perlez）、尼爾・麥克法誇爾（Neil MacFarquhar）《困難重重的經濟測試著習近平與普丁的友誼》（Rocky Economy Tests Friendship of Xi and Pudin）（紐約時報，2015 年 9 月 4 日）。

29 中國與歐盟關係的全面研究，請見沈大偉、艾博哈・珊許奈德（Eberhard Sandschneider）、周弘（Zhou Hong）編著《中國與歐洲的關係：看法、政策與前景》（China-Europe Relations:Perceptions, Policies, and Prospects）（倫敦：路透社，2008 年）；卡廷卡・巴里許（Katinka Barysch）、查爾斯・格蘭特（Charles Grant）、馬克・榮納德（Mark Leonard）《擁抱巨龍：歐盟與中國的夥伴關係》（Embracing the Dragon:The EU's Partnership with China）（倫敦：歐洲改革中心 Center for European Reform，2005 年）。

30 歐盟執委會（European Commission）《中國與歐洲：更親近的夥伴，成長中的責任；競爭與夥伴關係：歐盟與中國的貿易及投資政策》（China-Europe:Closer Partners, Growing Responsibilities; Competition and Partnership:A Policy for EU-China Trade and Investment）見 http://ec.europa.eu/

comm/external_relations/china/docs/06-10-24_final_com.pdf.

31 顧德明（Francois Godement）、約翰・福克斯（John Fox）《歐盟與中國關係的權力稽核》（A Power Audit on EU-China Relations）（倫敦：歐洲理事會對外關係委員會，2009 年），見 http://ecfr.eu/page/-/documents/A_Power_Audit_of_EU_China_Relations.pdf.

32 與歐盟代表賽日・安博（Serge Abou）大使的訪談，北京，2010 年 2 月 4 日。

33 歐盟委員會《與中國的商品貿易（2014 年）》（Trade in Goods with China（2014））：http://trade.ec.europa.eu/doclib/docs/2006/september/tradoc_113366.pdf.

34 《2014 年在歐洲的投資創新高》（European Investment in Europe Reaches Record High in 2014）：http://www.backermckenzie.com/Chinese-investment-into-Europe-hits-record-high-in-2014-02-11-2015/.

35 吉爾・普利默（Gill Plimmer）、露西・霍恩比（Lucy Hornsby）《中國將於 2025 年之前對英國投資 1,050 億英鎊基礎建設》（China to Invest £105 Bn. In UK Infrastructure by 2025）（金融時報，2014 年 10 月 27 日）。

36 參見中國歐盟商會《歐洲商業在中國：商業信心調查》（European Business in China:Business Confidence Survey），（中國北京：歐盟商會與羅蘭伯格策略顧問公司（Roland Berger Strategy Consultants）合夥執行，2015 年）。

37 參見派克・尼可森（Parke Nicolson）《北京與柏林的連結：中國如何與歐洲鑄成更強的合作關係》（The Beijing-Berlin Connections:How China and Europe Forged Strong Ties）（外交事務雜誌 Foreign Affairs，2015 年 8 月 13 日）：https://www.foreignaffairs.com/articles/china/2015-08-13/beijing-berlin-connection.

38 參見艾瑞克・佛騰（Erik Voeten）、艾迪斯・莫詹諾維克（Adis Merdzanovic）《聯合國常任理事國投票數據》（United Nations General Assembly Voting Data）：http://hdl:1901.1/12379UNF:3Hpf6qOkDdzzvXF9m66yLTg=.html.

39 國務院新聞辦公室《中國的對外援助白皮書》（China's Foreign Aid）（2011 年 4 月）：http://news.xinhuaneet.com/english2010/china/2011-04/21/C_13839683.htm.

40 國際能源署《2008 年世界能源展望》（World Energy Outlook 2008）（巴黎：經濟合作暨發展組織/國際能源署 OECD/IEA，2008 年），第 93 頁、第 102 頁。

41 作者無法考，《不勝枚舉的個案：中國在非洲已成氣候，現在要有後座力了》（One of Many:China Has Become Big in Africa, Now for the Backlash）（經濟學人，2015 年 1 月 17 日）；霍華・法蘭區（Howard French）《中國的第二大陸：百萬移民要如何在非洲建立一個新帝國》（China's Second Continent:How a Million Migrants are Building a New Empire in Africa）（紐約：諾普甫出版集團 Knopf，2014 年）。

42 皮尤研究中心（Pew Research Center）《美國的全球形象仍較中國更為正面》（America's Global Image Remains More Positive than China's），2013 年 7 月 18 日：http://www.pewglobal.org/2013/07/18/chapter-1-attitude-toward-the-united-statrs/.

43 參見沈大偉《中國軟實力的推動力量》（China's Soft-Power Push）（外交事務雜誌 Foreign Affairs，2015 年 7/8 月號）。

44 理查・畢勝戈（Richard A. Bitzinger）《中國的雙位數國防成長》（China's Double-Digit Defense Growth）（外交事務雜誌 Foreign Affairs，2015 年 3 月 19 日）：https://www.foreignaffairs.com/articles/china/2015-03-19/chinas-double-digit-defense-growth.

45 中華人民共和國國務院新聞辦公室《中國的軍事戰略》（China's Military Strategy）（2015 年 5 月），同前所引，第 8 頁。

46 這是一篇有關中國軍隊未來的特別優質研究：是甘浩森（Roy Kamphrausen）、賴大衛（David Lai）合編《2025 年的中國人民解放軍》（The Chinese People's Liberation Army in 2025）（賓州卡里賽：美國陸軍戰爭學院策略研究所 US Army War College Strategic Studies Institute，2015）。

47 尹卜民（Yin Pumin）《對貪汙的戰爭》（War on Graft）（北京週報，2013 年 3 月 12 日）。

48 參見約翰・伊肯伯里（G. John Ikenberry）《中國的崛起，美國以及自由國際秩序的未來》（The

Rise of China, the United States, and the Future of the Liberal International Order）；收錄於沈大偉編者《糾纏的巨人：美國與中國》（Tangled Titans:The United States & China）（馬里蘭州蘭罕：羅曼與李托菲爾德出版社 Rowman & Littlefield，2013 年）。

49 參見沈大偉《中國走向全球化：局部強權》（China Goes Global:The Partial Power）（紐約：牛津大學出版社），第 4 章；沈大偉《適應一個矛盾的中國》（Coping with a Conflicted China）（華盛頓季刊，2011 年冬季號）；邁克爾・富利洛夫（Michael Fullilove）《利害關係人光譜：中國與聯合國》（The Stakeholder Spectrum:China and the United Nations）（雪梨：洛伊國際政策研究所 Lowy Institute for International Policy，2010 年）。

國家圖書館出版品預行編目（CIP）資料

中國的未來 / 沈大偉 (David Shambaugh) 著；侯英豪譯 . -- 初版 . -- 新北市 : 好優文化 , 2018.04

面； 公分

譯自 : China's future

ISBN 978-986-95466-8-3(平裝)

1. 中國大陸研究 2. 政治經濟分析

574.1 107001638

VIEW 046

中國的未來

作　　者 / 沈大偉 David Shambaugh
翻　　譯 / 侯英豪
封面設計 / 陳姿妤、Kari
內文設計 / 余德忠
社　　長 / 陳純純
總 編 輯 / 鄭　潔
主　　編 / 洪小偉　　版權暨編輯行政 / 黃偉宗
整合行銷總監 / 孫祥芸　　北區業務負責人 / 陳卿瑋 mail：fp745a@elitebook.tw
行銷企劃經理 / 陳彥吟　　中區業務負責人 / 蔡世添 mail：tien5213@gmail.com
數位行銷專員 / 吳時萱　　南區業務負責人 / 林碧惠 mail：s7334822@gmail.com

出版發行 / 出色文化出版事業群 • 好優文化
電話 / 02-8914-6405；02-8911-7428
傳真 / 02-2910-7127
劃撥帳號 / 50197591
電子郵件信箱 / good@elitebook.tw
地址 / 台灣新北市新店區寶興路 45 巷 6 弄 5 號 6 樓

法律顧問 / 六合法律事務所　李佩昌律師
印　　製－皇甫彩藝印刷股份有限公司
初版一刷－ 2018 年 4 月
定　　價－ 360 元

China's Future
by David Shambaugh

廣　告　回　信
板橋郵局登記證
板橋廣字第891號

免　貼　郵　票

23145

新北市新店區寶興路45巷6弄5號6樓

好優文化出版有限公司

讀者服務部　收

請沿線對折寄回，謝謝。

Great Publish
好優文化

請以膠帶封口

讀者基本資料

中國的未來

姓名：________________ □女 □男 年齡________________

地址：____

電話：O:____________ H:____________ 手機:____________

E-MAIL：____

學歷 □國中(含以下) □高中職 □大專 □研究所以上

職業 □生產/製造 □金融/商業 □傳播/廣告 □軍警/公務員 □教育/文化
□旅遊/運輸 □醫療/保健 □仲介/服務 □學生 □自由/家管 □其他

◆ 您從何處知道此書？

□書店 □書訊 □書評 □報紙 □廣播 □電視 □網路 □廣告DM
□親友介紹 □其他

◆ 您以何種方式購買本書？

□實體書店，________________書店 □網路書店，________________書店
□其他 ______________

◆ 您的閱讀習慣(可複選)

□商業 □兩性 □親子 □文學 □心靈養生 □社會科學 □自然科學
□語言學習 □歷史 □傳記 □宗教哲學 □百科 □藝術 □休閒生活
□電腦資訊 □偶像藝人 □小說 □其他

◆ 您購買本書的原因(可複選)

□內容吸引人 □主題特別 □促銷活動 □作者名氣 □親友介紹
□書名 □封面設計 □整體包裝 □贈品
□網路介紹，網站名稱______________________ □其他______________________

◆ 您對本書的評價(1.非常滿意 2.滿意 3.尚可 4.待改進)

書名_____ 封面設計_____ 版面編排_____ 印刷_____ 內容_____
整體評價_____

◆ 給予我們的建議：____

※凡填妥讀者基本資料並郵寄或傳真回出版社，就有機會獲得精美小禮物※
請投遞郵筒寄回或傳真至：02-2910-7127，謝謝您的支持！

View

Dubium sapientiae initium

View

Dubium sapientiae initium